金牌小说

Awarded Novels
长青藤国际大奖小说书系

屋顶上的索菲

Rooftoppers

〔英〕凯瑟琳·朗德尔　著

徐海幈　译

云南出版集团　晨光出版社

前言
Preface

在屋顶上寻找爱
Rooftoppers

住在屋顶上的孩子，会是什么样的孩子呢？在现如今高楼林立的大城市，恐怕屋顶住起来不太方便，因为有的孩子一旦上了屋顶，就不再在地面上行走了。他们上蹿下跳，腾起，跳跃，在屋顶上飞奔。是的，飞奔，他们被称作屋顶侠。

在作者凯瑟琳·朗德尔的想象世界中，在 19 世纪的巴黎旧城屋顶上，生活着这样一些屋顶侠。她怎么会想到将屋顶作为故事的场景呢？据说是因为她自己就爬上去过，也是在夜里。她一定是像书中的主人公索菲一样，在牛津学院古老的建筑上，从阁楼里爬上屋顶，感觉到了无限的自由。所以她才让这样一个小女孩，长着一头闪电色头发的索菲，飞奔在屋顶上。

但其实索菲并不是一个屋顶侠，她来到巴黎并非为了在屋顶上奔跑，而是为了寻找妈妈。这是一个有些浪漫有些伤感的故事。在她还是个一岁的小婴儿时，索菲就记住了妈妈的样子。在海难发生时，她被装在一个大提琴盒子里，从一艘巨轮上漂到了海面上，所有人都认为她的妈妈已经遇难了，只有她自己坚定地相信妈妈并没有死。为了这个信念，她不放过哪怕一点点的可能性。

从伦敦逃到巴黎，她靠的就是一点点的可能性。哪怕风中吹来的一丝乐声，她也不能放过。她在风中爬到了屋顶上，在这里遇到了一个男孩，继而认识了一群孩子。他们都是没有妈妈的孩子。在远离人群的屋顶，远离了危险的同时，也远离了温暖。然而，这竟是一个庇护所，能够比孤儿院提供更多的安全感。这些孩子有人住在铁路边，有人住在树上，还有人固执如马蒂奥，只在屋顶上行走。相比而言，索菲是幸运的，因为妈妈始终在她的心中，她还有寻找的念头。而其他的孩子，或许早就丧失了寻找亲人的任何可能性。最后大家一起加入到为索菲寻找妈妈的队伍中，也可以说是实现大家一个共同的心愿——找到爱和温暖。

作家凯瑟琳·朗德尔出生在英国伦敦，童年是在非洲一个叫做津巴布韦的国家度过的，那里风一样的自由一定给她的精神生命抹上了浓厚的色彩。在她所创作的作品中，十一二岁的主人公都有着自由的灵魂，有旺盛的生命力，有随时奔跑飞跃向上的心，像一群风中的孩子。她以泉涌般的诗意来歌颂童年，《屋顶上的索菲》每一个章节、每一句话都有一种淡淡的诗意，像一首首童年的歌。而在所有的旋律中，唱响、回荡的，都是浓浓的爱。

目录
Contents

Rooftoppers

第 一 章
chapter one

来自海上的索菲

在她一岁生日这天的清晨，有人看到她漂在英吉利海峡的水面上，当时她就躺在一只大提琴的琴匣里。

方圆几英里就只有她这么一个活物。只有这个孩子，还有几把餐厅的座椅和渐渐消失在水中的轮船船尖。出事之前，宽敞的餐厅里响着音乐，音乐声太大了，也太美妙了，谁都没有注意到水已经没过了地毯。有人嘶喊起来之后，小提琴还依然拉了一阵子。一名乘客的尖叫声偶尔几次还与小提琴的高音 C 产生了二重奏的效果。

被人发现的时候，她就包裹在一册贝多芬的交响曲曲谱里，这样她就不会被冻着了。她漂得有些远，距离沉船差不多有一英里远，所以她是最后一个获救的。把她抱上救生船的是原本跟她同船的一名乘客，这个人是一位学者。学者的本职工作就在于注意到一些事情。这位学者就注意到这是一个女孩，有着闪电般颜色的头发，以及害羞的人才会有的那种笑容。

想象一下有人说着话的夜晚，或者是月光开口说话时的景象；要不就想象一下墨水吧，假如墨水也有声带的话。为这些形象添上一张瘦削而充满贵族气质的面庞和两道弯钩般的眉毛，再加上长长的手臂和双腿——被人从大提琴的琴匣里抱出来，送到安全的地方时，这个孩子就看到了这样一副面孔。这个男人名叫查尔斯·马克西姆，在用两只大手抱住小女孩的时候，他就已打定主意要将她留在身边。他伸直了胳膊抱着她——换作是一只漏水的花盆，他也会以这样的姿势抱着的。

大体可以肯定的是，这个孩子有一岁了。大家知道这一点是因为在她的胸口上别着一朵红色的玫瑰花，花朵上写着罗马字体的“1”。

“更确切地说，这个孩子要么有一岁了，要么就是在某场比赛中得了第一名。而我相信很少有婴儿会热衷于竞技运动，因此咱们可以假定是前一种情况吧？”查尔斯·马克西姆说。女孩用一根脏兮兮的手指和大拇指紧紧地捏着他的耳垂。“生日快乐，我的孩子。”他说道。

查尔斯不仅为这个小宝宝过了生日，还为她取了名字。就在他俩相遇的这一天，他选定了“索菲”这个名字，他的

理由大概没有人能驳倒。“孩子，你的生日已经够戏剧性，也够非凡了，所以咱们最好还是找一个最平凡的名字吧。你可以叫玛丽、贝蒂或者索菲，或者——咱们就一口气找下去吧——米尔德丽德。你自己挑吧。”当他说出“索菲”的时候，她露出了笑容，于是她就叫索菲了。接着他拿出自己的外套，把她裹了起来，然后就坐上马车带她回家了。天空中下了一点儿雨，不过他俩谁都没有为此感到心烦。查尔斯几乎压根儿没有注意到天气，而索菲在这一天里已经“曾经沧海”，这么一点小雨自然不算什么。

在此之前，查尔斯对小孩子一无所知。在回家的路上，他跟索菲说了很多事情。“恐怕我对书的了解远比我对人的了解多。书，太好相处了。”马车走了四个钟头，查尔斯一直将索菲放在自己的膝头，用两只手搂着她。他跟她讲起了自己，仿佛他们是在午后喝茶的时候相认的老熟人。他今年 36 岁，有 6.3 英尺[1]高。面对人类的时候他说英语，对着猫他说法语，对着鸟就说拉丁语。有一次他差点儿把自己害死了，因为他试图一边骑马，一边看书。“不过，既然有了你这个大提琴小宝宝，我就会当心些喽。”他说。查尔斯的家很漂亮，可是不太安全。房间里到处都是楼梯，还有滑溜溜的木地板和尖利的边边角角。“我要买一些小一点儿的椅子。咱们还要铺上厚

[1]6.3 英尺约相当于 1.92 米。

实的红地毯！不过，怎么才能搞到地毯呢？我觉得你也不知道。是不是，索菲？”他说。

不出所料，索菲没有吭声。她太小了，还不会说话。况且，她已经睡着了。

当马车走到一条有着树木和马粪气味的街道时，索菲醒了。一看到这幢房子，她就喜欢上了它。墙砖被刷成了白色，整个伦敦最明亮的白色，就算在黑夜里墙壁都在闪闪发光。地下室被用来存放书籍、画作和好几种不同的蜘蛛，这些东西多得都堆不下了。屋顶属于小鸟。查尔斯就住在地下室和屋顶之间的空间里。

回到家，索菲在暖炉子跟前洗了一个热水澡。洗完澡以后她看上去是那么白，那么脆弱。查尔斯还从来不知道婴儿竟然会小得那么可怕。在他的臂弯中，索菲显得太小了。当听到门口传来敲门声的时候，查尔斯几乎有一种如释重负的感觉。他小心翼翼地将索菲放在一把扶手椅上，还在椅子上垫了一本莎士比亚的剧作，然后才三步并作两步地上了楼。

跟查尔斯一起进屋的是一位身材高大、头发灰白的女士。《哈姆雷特》已经有点儿湿了，索菲一脸的难为情。查尔斯把索菲抱了起来，先是犹豫不决地打算将她放在墙角的雨伞架上，接着又考虑了一下放在炉子上，最终将她放在了水槽里。放下索菲后，他露出了笑容，眉毛和眼睛也都笑了起来。“请不要担心。索菲，谁都会碰到意外的。”说完，他朝那位女士躬了一下身子。“索菲，让我给你做个介绍。这位是来自全国儿童保育局的艾略特小姐。艾略特小姐，这位是来自海上的索菲。”

女士叹了一口气。在水槽里的索菲看来，这声叹息就是一副公事公办的调子。随后，女士又蹙起了眉头，从一个包裹中扯出来几件干净的衣服。“把她交给我吧。”

查尔斯从对方手中接过了衣服。“夫人，我从海上把这个孩子带了回来。”索菲瞪着大大的眼睛望着他们。查尔斯接着说道：“没有人保护她，无论是否乐意，我都要对她负责。”

“不会一直这样下去的。”

“您说什么？”

“这个孩子只是受你的监护，她不是你的女儿。”艾略特小姐就是那种说话时总是在不断强调着什么的女人，你都敢打赌她的兴趣就在于管着别人。“这只是临时性的安排。”

“我不敢苟同。不过咱们还是稍后再争论这件事，孩子有些冷了。”说完查尔斯将一件马甲递给了索菲，而索菲却抓住它吮吸了起来。查尔斯将马甲又拿了过来，套在索菲的身上。他用两只手臂抱起索菲，就好像是在市场上掂量一个东西的重量似的，然后他仔细地打量起了她。“瞧见了么？她看起来是一个非常聪明的宝宝。”他看到索菲的手指又细又长，还很灵巧，“而且她还长着一头闪电色的头发。你怎么可能抗拒得了她呢？”

“以后我还是要来的，来看看她的情况。我真的没有多余的工夫。男人根本无法一个人做这种事情。”

查尔斯说：“当然可以。”他又继续说道，就好像根本控制不住自己似的，“要是您觉得自己无法完全置身事外的话，那就请便吧，我会尽量对您心存感激的。但是这个孩子就应该由我来照顾。明白了吗？”

“可是，这是个孩子！你可是个男人！”

“您的观察力真是令人叫绝啊，您的视力也绝对一流。”查尔斯说。

“可是，你打算拿她怎么办呢？”

查尔斯一脸茫然。“我打算爱她啊。这应该就足够了——要是按照我读过的那些诗歌为标准的话。”说完他递给索菲一个红红的苹果，随即又把苹果拿了过来，然后用自己的衣袖擦起了苹果，直到能在苹果上看到自己的脸才罢手。他说：“我敢肯定，照顾孩子的秘诀就在于不要对什么都无动于衷、顽固不化，尽管这秘诀既模糊又神秘，但是毫无疑问，就是这样的。”

查尔斯将小宝宝放在自己的膝盖上，把苹果递给了她，为她大声读起了《仲夏夜之梦》。

对于一场新生活而言，这样的开端或许并不完美，但是美好的未来已经开始显现了。

第 二 章

chapter two

在蜻蜓的脊背上盖房子

在威斯敏斯特的全国儿童保育局办公室里有一个柜子，柜子里放着一本红色的档案，上面标注着“监护人：性格评估”字样。在红色档案里还有一份小一号的蓝色档案，上面的标注是“查尔斯·马克西姆”。档案里写着：“其他情况均同。马克西姆是一个书呆子，一如人们对学者的看法，而且显然为人慷慨、笨手笨脚、勤劳肯干。他的身高高出正常水平，不过医生的报告表明他身体健康。他固执地坚信自己有能力照顾一名女性受监护人。”

或许这些特征具有传染性，因为索菲就长成了一个大个子姑娘，为人大方，带点儿书呆子气，做事情笨手笨脚的。刚刚年满七岁的时候，她的两条腿就已经长得像太阳伞那样又细又长了，而且还对很多事情都充满了固执的信念。

为了她的七岁生日，查尔斯烤了一块巧克力蛋糕。蛋糕烤得不算太成功，中间陷了下去，索菲却忠诚地宣布她就喜欢这样的蛋糕。“陷下去的地方能装更多的糖霜。我喜欢糖霜很多的！”她说。

“听你这么说我真开心。不过，我想你应该说‘我喜欢糖霜多多的’。亲爱的宝贝，在你大概七岁生日之际祝你生日快乐。来点儿‘生日莎士比亚’怎么样？”查尔斯说。

索菲常常摔碎盘子，所以他们一直在用《仲夏夜之梦》端着蛋糕吃。现在查尔斯用自己的袖子擦了擦《仲夏夜之梦》的封皮，然后把书翻到了中间。“你想给我读上一段仙后泰妲妮亚吗？”

索菲做了个鬼脸。“我更想读小精灵帕克的故事。”她尽力读了几行，可是读得很慢。等到查尔斯将视线挪开后，她就把书放在了地上，在书上做起倒立来。

查尔斯哈哈大笑着说：“好样的！”随后，他又拍着桌子，“你看起来就像是跟小精灵用同一种材料做成的。”

索菲倒在了厨房的案台上，站起来后她又靠着门打了一个倒立。

“太棒了！你越来越棒了，差不多趋于完美了。”

“只是差不多吗？”索菲摇晃了一下，脑袋朝下，眯着眼睛看着查尔斯。她的眼珠往外鼓了起来，不过她还是保持着那个姿势。“我的腿直吗？”

“差不多吧。左膝盖看起来有点儿不稳当。不管怎么说，没有谁是完美的。自莎士比亚之后就没有人能做到完美了。”

过后，索菲躺在床上想起了查尔斯的话。查尔斯说“没有谁是完美的”，可是他说错了。查尔斯就是完美的。查尔斯长着一头跟楼梯扶手一样颜色的头发，还有一双充满魔力的眼睛。他住的房子是从祖上继承来的，他的衣服都是父亲留下的。那些衣服都来自萨维尔街，曾经非常漂亮，令人眼花缭乱，都是百分之百的丝绸衣服，而今衣服上只剩下百分之五十的丝绸了，另外的百分之五十全都是窟窿眼。查尔斯没有乐器，可是他会为索菲唱歌，当索菲不在身旁的时候他就冲着小鸟唱歌，还为偶尔闯入厨房的木虱唱。他的嗓音音调完美，听上去就如同在飞翔。

有时候到了半夜三更，沉船的感觉会再次涌上索菲的心头，她发现自己拼命地想要爬到高处去——往上爬是唯一能让她感到安全的事情。查尔斯允许她睡在衣橱顶上，他就睡在下方的地板上，以防万一。

索菲不太理解查尔斯。查尔斯吃得很少，睡觉很少，不像其他人那样经常带着笑容，可是在其他人长着心肺的地方查尔斯却长着善良，他的指尖上都带着礼貌。当他一边走路，一边看书的时候，倘若他撞到灯杆上，他会向灯杆道歉，还要查看一下那根灯杆有没有受伤。

每个星期有一个上午，艾略特小姐会来登门拜访，“来解决一切问题”。（索菲原本会说：“都有什么问题？”不过很快她就知道自己最好还是保持沉默。）艾略特小姐会到处查看一番——墙角的涂料可都已经剥落了。看到空无一物的食品柜里结的蜘蛛网，艾略特小姐就会摇起脑袋。

“你们吃什么？”

的确，索菲家的食物比她的朋友们家里吃的东西更有趣。有时候查尔斯会一连几个月忘了买肉。似乎只要索菲一凑近干净的盘子，那些盘子就会碎掉，所以查尔斯用世界地图盛烤薯片，把薯片摊在匈牙利区域上。事实上，查尔斯一直喜欢靠饼干和茶过日子，在临睡前还要喝上点儿威士忌。当索菲刚学会认字的时候，查尔斯把威士忌装进了一个贴着“猫尿”标签的瓶子里，这样索菲就不会碰威士忌了。可是，索菲还是拔掉了塞子，呷了一口，然后凑在隔壁小猫的腹部闻了闻。两种味道虽然都不好闻，但还是不太一样。

“我们吃面包，还有鱼罐头。”索菲说。

“吃什么？！”艾略特小姐说。

“我喜欢鱼罐头。我们还吃火腿。”索菲说。

“是吗？我在这个地方还从来没看见过一片火腿呢。”

“每天都吃！或是偶尔吃，这准没错儿。还有奶酪。还有苹果。早饭前我还要喝整整一品脱牛奶。”索菲补充道。她知道撒谎很省事，可是她发现自己更愿意说实话。

“查尔斯怎么能让你过这种日子？我认为这样的生活对孩子可没好处。这样可不好。”

其实他们过得很好，可是艾略特小姐就是不能理解。索菲心想，艾略特小姐所谓的“好”，指的是“干净整洁”。索菲和查尔斯没有过上干净整洁的生活，可是索菲觉得对于幸福快乐来说，干净整洁并不是必不可少的。

“艾略特小姐，问题是，”索菲说，“问题是，我没有一张看起来干净整洁的脸。查尔斯说我长了一双凌乱的眼睛。还有雀斑，您瞧啊。”索菲的皮肤太苍白了，一到冷天就显出了一片片红斑。还有头发，在她的记忆中自己的头发始终都打着结。索菲不在乎这些，在她的记忆中母亲也有着同样的头发和皮肤，她坚信母亲很漂亮。她坚信母亲有着一股冷空气和煤烟的气味，还穿着一条脚踝处打着补丁的裤子。

事实上，麻烦或许正是裤子招惹来的。就在要年满八岁的时候，索菲要查尔斯给她一条裤子。

“裤子？对女人来说裤子不是太不寻常了吗？”

“不寻常，我想的确不寻常。但我妈妈一直穿着裤子。”索菲说。

“索菲，我的孩子，她是曾经穿着裤子。”

“一直穿着。黑色的。不过我想要一条红色的。”

“唔……你不想要裙子？”查尔斯看起来有点儿忧心忡忡。

索菲做了一个鬼脸。“不要。我就想要裤子。求求你了。”

所有的商店里都没有适合索菲的裤子，只能找得到男孩们穿的灰色短裤。“天哪！你看上去活像是数学课。”查尔斯说。所以他亲手用颜色鲜艳的棉布缝了四条裤子，做好后他把裤子包在报纸里，然后交给了索菲。其中一条裤子的两条裤管长度不一样。索菲非常喜欢这几条裤子。艾略特小姐感到很震惊，她说：“女孩不能穿裤子。”索菲却坚持认为女孩也能穿裤子。

“我妈妈就穿着裤子。我知道她穿裤子的。她以前拉大提琴的时候就总是穿着裤子跳舞。”

“不可能，”艾略特小姐说，每次都是老一套说法，“索菲，女人是不拉大提琴的。而且你那会儿太小了，什么都记不得。索菲，你必须努力让自己诚实一点儿。”

“可是她穿的就是裤子。那条裤子是黑色的，膝盖处是灰色的。我记得她还穿着黑色的鞋子。”

“亲爱的，这都是你的想象，”艾略特小姐的声音就像窗户“砰”的一声关上了。

“我保证，我没有想象。”

“索……”

“我没有想象！”索菲没有再说一句“你这个土豆脸的老妖婆”，不过她很想这么说。问题在于在查尔斯身边长大的孩子注定是彬彬有礼的，对于索菲而言，失礼的感觉就如同穿着脏兮兮的内衣一样。可是，当有人提到她的母亲时，她就很难继续那么客气了。他们那么肯定地认为这些都是她自己瞎编的，她同样十分肯定地知道他们都错了。

“你的眼睛长在脚趾头上了。你这个老糊涂！我就是记得。”索菲小声说，她感到心里畅快了一点儿。

索菲的确记得自己的母亲，实际上记得非常清楚。她对父亲没有什么印象，但是她记得一缕卷发，记得两条纤细的腿跟着美妙旋律的拍子踢腾着。那两条腿上都裹着布，倘若罩在腿上的是裙子，就不可能出现这样的情景。

索菲还确信自己非常清楚地记得在英吉利海峡中央看见母亲死死地抓着一扇漂在水面上的门板。

所有人都在说“婴儿太小了，根本记不住任何事情”，他们说“你记住的只是自己希望信以为真的事情”，她越来越厌恶听到这样的话。她记得自己看到母亲挥着手求救的情景。她还听见母亲吹着口哨，口哨声非常特别。无论警察怎么说，索菲都知道母亲没有随那艘船一起沉入水中。她十分笃定。

每天晚上在黑暗中，索菲都要轻声告诉自己：妈妈还活着，总有一天她会来找我的。

“她会来找我的。”索菲对查尔斯说。

听到这句话查尔斯就会摇摇头，说：“亲爱的宝贝儿，这几乎是不可能的。”

“几乎是不可能的就表示还是有可能的。”索菲拼命地挺直身子，让自己的口气听上去像一个大人。要是你的个头高一点的话，别人就更容易相信你。“你总是说绝不能忽视任何一点可能性。”

“可是，我的孩子，这件事情的可能性太小了，不值得让你一辈子都指望着它过。这就如同在蜻蜓的脊背上盖房子一样。”

“她会来找我的。”索菲对艾略特小姐也这样说。

艾略特小姐说得更不客气了。“你妈妈已经死了。那条船上没有女人生还。你不能任由自己沉迷在这件事情上。”

出现在索菲生活中的大人们有时候似乎很难分得清楚“沉迷”和“绝对正确，却不被人相信”之间的区别。索菲感到自己涨红了脸。“她会来的。否则我就去找她。”她说。

“不行，索菲。世上的事可不是这样的。”艾略特小姐坚信索菲想错了，不过，她同样坚信十字绣是至关重要的，查尔斯是令人难以忍受的。这些只能表明大人并非总是对的。

一天，索菲找到一点儿红颜料，她在家里的白墙上写下了那艘船的名字“玛丽皇后”号，还有“玛丽皇后”号遇上暴风雨的日期。万一母亲从门前经过呢？

看到索菲在墙上写写画画的时候，查尔斯的神情复杂得令索菲不忍直视，不过他还是帮她完成了最高处的涂画，完事后还洗干净了刷子。

“只是以防万一而已。”他对艾略特小姐说。

“可是她……”

“她只是在按照我说的做而已。”

“你叫她糟踏你的房子？”

“没有。我叫她不要忽视生命中的各种可能。”

第 三 章

chapter three

树是通往天空的捷径

艾略特小姐不认可查尔斯，也不认可索菲。她不喜欢查尔斯对金钱的漠然，以及吃饭没个准点儿。

她不喜欢索菲那张眼观六路、耳听八方的面孔。“对小姑娘来说，这样的脸可不正常！”她痛恨他们俩都习惯在过道的墙纸上给彼此留言。

“这样是不正常的！”她一边说，一边匆匆地在自己的笔记本上做着笔记，“这样是不健康的！”

“正相反。艾略特小姐，屋子里的字越多越好。”查尔斯说。

令艾略特小姐感到厌恶的还有查尔斯的手，那两只手上总是沾着墨水；以及查尔斯的帽子，帽檐处都已经脱线了。她对索菲的衣服也不满意。

查尔斯对买东西并不在行，他会在邦德街正中央晕头转向地站上整整一天，然后带着一包男孩的衬衣回家。艾略特小姐对此火冒三丈。

“你不能让她穿成这样，别人会以为她精神错乱了。”她说。

索菲低头看了看自己，拨弄着身上的衣料。这样的衣料对她来说感觉太正常了，虽然还带着刚刚买回来时的味道，不过其他都没什么问题。“您怎么知道这不是女孩的衬衣？”她问道。

“男孩的衬衣是左片压在右片上。女士衬衫——请注意，正确的叫法是女式衬衫——是从右往左扣。我很震惊，你竟然连这个都不知道。”

查尔斯一直躲在报纸后面，听到艾略特小姐的话他终于放下了报纸。“她不知道扣子的事情你就感到震惊？在国际事务中扣子可很少起到关键作用啊。”

“您说什么？”

“我是说她知道重要的事情。当然不是说她什么都知道，她毕竟还是小孩子。不过她的确知道很多事情。”

艾略特小姐抽了抽鼻子。“原谅我，我或许是一个守旧的人，不过我认为扣子的问题真的很要紧。”

“索菲知道全世界所有国家的首都。”查尔斯说。

站在门口的索菲小声说：“差不多吧。”

“她知道如何读书，如何画画，她知道乌龟和海龟的区别。她知道一棵树和另一棵树有什么区别，还知道如何爬树。就在今天早上她还告诉了我提到很多蟾蜍时应该用什么量词。”

“群，一群蟾蜍。”索菲说。

“她还会吹口哨。要是你听不出来索菲吹口哨吹得多么不同凡响的话，那你就愚蠢得太离谱了。离谱的愚蠢，要不就是聋了。”

查尔斯真不如不开口的好。艾略特小姐只弹一弹手指就把他打发掉了。“她需要新的衬衣,拜托了,马克西姆先生。女式衬衫。还有，天哪，这条裤子！”

索菲不明白裤子又有什么问题。裤子不过是在裙子上多缝了几针而已。“我需要裤子。求求你，让我继续穿裤子吧。穿着裙子就没法爬树了。或者说，爬倒是能爬，可是那样一来大家就都会看到你的内裤了，那样肯定更糟糕吧？”她说。

艾略特的眉头皱了起来，她可不是那种允许自己讨论这个话题的女人。

“先不管这个了。你毕竟还是个小孩子。可是你不能一直这样下去。”

“什么？为什么不能？”索菲暗自祈祷自己好运,“能的，能一直这样下去的。为什么不能？”

“当然不能了，英国可容不下没有素养的女人。”

最重要的是，艾略特小姐不喜欢查尔斯带着索菲说走就走去探险的想法。她说伦敦很脏，索菲会沾上病菌，染上坏习惯。

在索菲九岁——大概吧——生日这一天，查尔斯让她站在一把椅子上，给她擦鞋，索菲一手拿烤面包片吃，另一只手在一本书上划拉着。她用牙齿翻着书页，面包屑和唾沫沾满了页角，除了这点儿缺憾，这样的安排还真是令人满意。

就在他们俩将要出门去音乐厅的时候，艾略特小姐突然怒气冲冲地闯了进来。

“你不能就这样带着她出去！她太脏了！索菲，不要一副没精打采的样子。”

查尔斯饶有兴趣地看着索菲的头顶。“是吗？”

“马克西姆先生！这个姑娘的上半身沾满了果酱！”艾略特小姐厉声说道。

“是的。这有什么要紧呢？”查尔斯彬彬有礼，又十分迷惑地看着艾略特小姐。看到艾略特小姐的手伸向她的纸夹板，他拿起一块布，轻轻地擦着索菲身上的果酱，轻得就仿佛索菲是一幅画。

艾略特小姐抽了抽鼻子。“袖子上也有。”

“雨水肯定会把剩下的洗掉，对吧？今天是她的生日。”

“生日该沾上泥垢也会沾上泥垢！不要带她去动物园。”

"我明白。你更想让我带她去动物园？"查尔斯把脑袋倒向了一侧。索菲安详地看着查尔斯，他活像是一头特别有礼貌的豹子。"或许现在还来得及去换票。"

"我可不是这个意思！我是说她会给你丢脸。要是被人看到我跟她在一起的话，我可是会害臊的。"

查尔斯看着艾略特小姐。艾略特小姐先垂下了眼睛。

"她穿着亮锃锃的鞋子，长着亮晶晶的眼睛，足够光鲜了。"查尔斯说。他把音乐会的门票递给索菲，"生日快乐，我的孩子。"说完他亲了亲索菲的额头——一年一度的生日之吻——然后把索菲从椅子上抱了下来。

索菲知道帮别人离开椅子有很多种方法，做这种事情很能说明问题。比方说，艾略特小姐就会用木勺把你捅下来。而查尔斯则小心翼翼，用手指把她从椅子抱了下来，就仿佛他的手指在跳舞。去音乐厅的路上他还一直吹着口哨，吹的是莫扎特的歌剧《女人心》里的弦乐部分。

"音乐，索菲！音乐既疯狂，又美妙。"

"是的！"查尔斯没有向索菲透露他对这个生日的安排，但是他的兴奋太感染人了，一路上索菲一直在他的身边雀跃着。

"是什么类型的音乐？"

"古典音乐，索菲。"他的脸上洋溢着幸福的光芒，他的指尖不住地颤抖着，"巧妙、复杂的音乐。"

“哦。那可……真棒。”索菲不是一个撒谎的老手，“那可真是太好了。”索菲心想其实自己更想去动物园。她几乎从未听过古典音乐，她很乐意继续这样下去。她喜欢民歌，还有那种能够随之起舞的音乐。她想，没有多少刚满九岁的孩子会真心实意地说自己喜欢古典音乐吧。

在索菲看来，演出一开场的情况并不令人乐观。钢琴演奏曲目太长了，那位钢琴家留着两撇胡子，脸上的表情让索菲想他一定是刺痒难耐。

“查尔斯。”索菲瞟了一眼查尔斯，结果看到查尔斯的嘴巴微微地张开着，嘴唇向上弯着，心满意足地侧耳聆听着，一副如痴如醉的样子。

“查尔斯？”

“怎么了，索菲？你得小点儿声。”

“查尔斯，还要演多久啊？我倒不是说弹得不好听，”索菲将手指在自己的背后叠在一起，“只不过……我就是想问问。”

“只有一个钟头，孩子，唉，我太喜欢待在这里了，待在这个座位上，你不喜欢吗？”

“哦。要一个钟头啊？”索菲努力安安稳稳地坐着，可是太难了。她吸吮着辫梢，把脚趾头蜷起来，然后再伸展开。她打定主意不去咬大拇指的指甲，可终究是徒劳，到最后她几乎就要睡着了。就在这时，三把小提琴、一把大提琴和一把中提琴出现在了舞台上，随之一起出现的还有几位琴手。

乐手们拉响了提琴，音乐完全变了。提琴的声音比钢琴更甜美，更狂野。索菲挺直了腰板，向前探着身子，屁股都快离开座位了。琴声优美得简直令人窒息。索菲心想，如果说音乐有光芒的话，那么此刻的琴声就在闪闪发光。仿佛全城所有唱诗班的所有歌手的声音都汇合成了一首旋律。她感到自己的胸膛奇怪地膨胀了起来。

“查尔斯，就像是八千只鸟！查尔斯！难道不像八千只鸟吗？”

“没错！不过，嘘，索菲。”

旋律加快了速度，索菲的脉搏跟上了节奏。琴声听上去既熟悉又新鲜，撩动着她的手指和双脚。

索菲的两条腿无法安安静静地待在那里，她跪在了座位上。很快她又冒着险开口了。“查尔斯！听啊！大提琴在唱歌，查尔斯！”她说。

琴声结束了，索菲不住地拍手，直到其他观众都停止了鼓掌，直到她的两只手拍得发热，拍出了红斑。她一直鼓着掌，直到所有人都盯着这个长着一头闪电色头发的女孩，盯着她的长筒袜上的一道滑丝，这个小女孩的眼睛和鞋子照亮了第二排整整一排座位。

琴声中有一种令索菲感到熟悉的东西。“就像在家的感觉。你明白我的意思吗？就像是新鲜空气。”她对查尔斯说。

“是吗？那么我想咱们得给你买一把大提琴喽。”查尔斯说。

他们买的大提琴有些小，不过足够让索菲轻轻松松地在自己的卧室里拉琴。查尔斯修好了之前卡死的阁楼天窗，在不下雨的日子里索菲就爬到屋顶上，在一片腐烂的落叶和一群鸽子中间拉琴。

在不出错的时候，琴声会化解掉世间的一切渴望和烦恼，让世界熠熠生辉。拉完后，索菲伸伸懒腰、眨眨眼睛，然后把琴弓放回房间，这时她就感到自己更坚强、更勇敢了。她觉得拉琴就如同饱餐了一顿奶油和月光。当练琴练得不那么顺利的时候，拉琴就成了一件无聊的苦差事，就像刷牙一样。索菲合计了一下，顺利和不顺利的日子各占一半——值了。

在屋顶上不会有人打扰她。阁楼的屋顶是平整的灰色石板，边缘围着一圈石砌的栏杆。栏杆的高度到索菲的下巴，楼下的人朝上看的话，只能看到一团浓密鲜亮的头发和一只蜷曲起来的胳膊肘。

一天晚上吃饭的时候，索菲不假思索地说：“我爱天空。”她强忍住没有继续往下说。要是听到这种话，其他女孩会

哈哈大笑的。

可是查尔斯只是将一块猪肉馅饼放在一本书上，点了点头， 说："我真高兴。"他在馅饼上加了一团芥末，然后把书递给了索菲。"只有脑袋不中用的人才会不爱天空。"

几乎刚学会走路的时候，索菲就能够爬高上低了。一开始她爬上了树，树是通往天空的捷径。查尔斯会跟在索菲身后，他不是那种总是唠叨着"不——不要，抓紧点儿"的人。他站在苏菲的下面，大声喊着："索菲，再高点儿！没错，干得好！注意那些鸟！从下面看那些鸟太美妙了！"

第 四 章

chapter four

纸上的母亲

原先的那个大提琴匣子，就是索菲当初的救生筏，就放在她的床脚边。为了庆祝她的十一岁生日，查尔斯用砂纸把琴匣上的霉斑打磨掉了，还买了些颜料。

“想要什么颜色？”他问道。

“红色。红色跟大海的颜色相反。”索菲很难爱上大海。

查尔斯给琴匣涂上了他能找到的最鲜亮的红色，还在上面加了一把锁。索菲把自己最宝贝的东西和半夜吃的零食都放在琴匣里，打开琴匣对她来说成了一种享受，要不就是梦到了黑暗的大海噩梦时她才会打开琴匣。

倘若索菲知道日后琴匣有多么重要的话，她大概就不会用它来存放蜂蜜了，蜂蜜总是会渗出来。可是她不知道。人不可能无所不知——查尔斯总是这么说。

查尔斯提醒她不要把这个琴匣太当回事。“当心，不要把感情浪费在生命中的错误的事物上。索菲，咱们也说不清楚它是不是本来就属于你。或许你没法一直保有它，也许有一天有人会来要走的。”他说。

“是的，我知道！有人会来要它的。我妈妈会要它的。等她来的时候……”索菲咧开嘴笑了起来。她往掌心里吐了一口唾沫，然后把手指叠在一起，祈求自己能有好运气。这就像是她的条件反射一样，每天晚上她都要吐唾沫，再把手指叠在一起一百遍。

“这个琴匣也许就不是你妈妈的，没准是她在船沉下去的时候随手抓住的。索菲，很少有女人拉大提琴。事实上，我就从来没有听说过有女人会拉大提琴。小提琴对女人来说更常见。”

“不是的。就是一把大提琴。我知道就是的，我记得的。我记得她的指头搭在弓上的情景。”索菲说。

查尔斯低下了头，每当他表示异议的时候他就总是这样礼貌地点点头。“索菲，我对那艘船记得很清楚。我还记得那支乐队。可是，索菲，我不记得有带着大提琴的女人。”

“可是我记得。”

“索菲，没有。那支乐队的成员都是长着小胡子、头发油乎乎的男人。”

“查尔斯，我记得！我就是记得。”

“我知道。可是，亲爱的宝贝，那会儿你只是一个婴儿。”查尔斯的神情黯然得令人无法直视，于是索菲只能怒气冲冲地看着自己的脚踝。

“这并不意味着我就不记得一些事情。我看到她了，查尔斯，我真的看到她了。我记得那把大提琴。”争论总是如出一辙。如何才能让别人相信你的话呢？索菲心想。这个过程太缓慢了，太艰难了，根本就不可能。

“我看到她漂在水面上。我真的看到了。”索菲握着两只拳头，要不是太爱查尔斯的话，她肯定会啐他一口。

“可是，我的孩子，我没有看到她。当时我也在场。”查尔斯深深地叹了一口气，呼出的气甚至吹皱了窗帘，“索菲，我知道这很难，生活就是这么难。天哪，生活可是世间最难的事情！人们应该多说一说这个事情。”

几乎每天晚上，索菲都要向窗外望一会儿妈妈。她掐灭蜡烛，坐在窗台上，晃悠着两条腿，就这样望着楼下的大街上来来往往的母亲们。最好的母亲都长着充满智慧的面庞，有时候母亲们抱着的睡熟的孩子，都是些胖乎乎的婴儿，或者刚刚开始学着走路的小宝宝，后者的腿总是以一种奇怪的角度从妈妈臂弯里乍出来。有时候，从索菲吊在半空中的双脚下路过的母亲们还唱着歌。

不过，这天晚上索菲拿出了自己的素描本。本子的封面是皮质的，一直放在枕头下，所以本子很柔软。每逢生日这天，她都要在本子上画点儿什么。

索菲的铅笔已经钝了，她咬了咬铅芯，把笔头咬尖了。然后她闭起双眼，努力地回忆着。她画了一条黑色长裤，裤子的膝盖处磨薄了（“膝盖处磨旧了”竟然超级难画，她只能尽力而为），然后在膝盖之上画上了一个女人的躯干和脑袋。她又加上了头发。她没有彩色铅笔，不过她手指刚好划破了，于是她蘸着一点儿鲜血给头发染上了红色。她又把笔尖挪到了脸的位置上，这时她犹豫起来。

“哦。”她轻声说。之后说：“想想吧。”之后又说：“拜托了！”可是她能回忆起来的就只有一团模模糊糊的景象。到最后，她画下了一棵在风中摇曳的树，然后画上了飘在脸前的头发。

索菲觉得母亲就是人最需要的东西，就像空气和水。哪怕是纸上的母亲都比一无所有要强一些，哪怕是想象中的母亲。母亲就是能让她把心安放的地方，一个能够让她缓过劲儿来的驿站。

在这幅画的下面索菲写下了“我的母亲”这几个字。这时指头还在流血，于是她又在母亲的耳朵后面画了一朵花，然后把花染成了红色。

每天晚上睡觉前，索菲都要在脑海中给自己讲一些故事，在故事里母亲会来找她。这些故事都很长，到了第二天清晨很难回忆得起来，不过故事总是以她和母亲跳着舞结束。只要一想起母亲，索菲就总是会想起跳舞的情景。

第 五 章
chapter five

相信是一种天赋

到了十二岁生日的时候，索菲基本上已经不再打碎盘子了，那些放在厨房里的书也被搬回到查尔斯的书房里。这一天，查尔斯把索菲叫进书房，要送给她生日礼物。礼物就放在写字台上，一座用报纸包起来的方塔。

“是什么？”那个东西看上去就像浴室柜一样大，就算是查尔斯这样不同寻常的人也不太可能送出这样的礼物。

“打开吧。”

索菲撕开了包装纸。“噢——”她吃惊得都喘不上气来。是一大摞书，都是皮面的，每一本的封皮颜色都不一样。尽管窗外天色阴沉，皮封面却都闪闪发光。

“一共十二本。每年一本。”

“它们太漂亮了。可是……查尔斯，它们难道不是贵得要死吗？”那些书摸上去似乎很温暖，像这样的皮子可不便宜。

查尔斯耸了耸肩，说：“十二岁这个年纪正适合开始收集漂亮的东西。这套书里的每一本都是我最喜欢的。”

“谢谢你！谢谢你！”

“在你这个年纪读这些书，它们就会深深地烙印在你的脑海中。书籍就是一根撬棍，能为你撬动整个世界。”

“真是太完美了。”索菲翻开了书。她闻着书页，里面的纸带着一股荆棘和白铁壶的气味。

“真高兴你会这么想。不过，要是你像这样折页角的话，看我不用《鲁滨逊漂流记》收拾你。”

当索菲仔仔细细地翻看着最后一本的时候（这一本是《格林童话》，正文前面的整版插图看起来真是引人入胜），查尔斯走到窗台前，拿过来一盒冰激凌——有索菲的脑袋那么大的一盒冰激凌。

“生日快乐，我的孩子。”

索菲用一根手指蘸了一点儿冰激凌，平时查尔斯是不允许她这么做的，不过生日这一天或许可以破一次例。冰激凌的味道那么浓，那么甜，她用查尔斯的尺子挖出一大块，还冲着查尔斯咧嘴笑了笑。

“太完美了。谢谢你。吃起来完全就是过生日时应该有的味道。”

查尔斯相信在美丽的地方吃东西会让食物变得更美

好——花园里、湖中央，或者小船上。“我估计最适合吃冰激淋的地方就是行驶在雨中的四驾马车的车顶上。”他说。

索菲冲查尔斯眯缝起眼睛，有时候她很难判断出查尔斯究竟是不是在开玩笑。“是吗？”

“你不相信我的话？”查尔斯说。

“嗯，不相信。”索菲竭力地绷着脸，憋住不笑，而笑意就像一个喷嚏，已经填满了她的胸口。

“好吧，老实说我也不信。不过这完全是有可能的。跟我出去试试看怎么样？”查尔斯说，“决不忽视任何一点可能性。”

“太棒啦！”索菲心想四驾马车真是世上最棒的发明。四匹马拉的车会让你觉得自己成了一位骁勇善战的女王。“咱们能让马飞奔起来吗？”

“可以。不过我建议你还是先换上长裤。这些裙子可真是迷人的东西。你就像刚打劫了一位图书馆管理员。”查尔斯说。

“没错！我马上就好。”索菲抱起书，这样她就只能勉强看到前面，“然后呢？”

“然后咱们就去找一辆马车。真幸运，碰巧外面正在下雨。”

居然让查尔斯说对了。当他俩急匆匆地转过街角时雨点就落了下来，把冰激凌打得直往索菲的手腕上淌。她的头发也被打湿了，就像蛇一样弯弯曲曲地贴在她的背后。在雨中，吃东西变成了一项挑战，不过索菲喜欢挑战。

回来的时候，他们的身上滴着水，肚子里塞满了冰激凌。门口的垫子上放着一封信，索菲瞟了一眼信封就断定那不是一张生日贺卡。刹那间所有的幸福感嗖地一下就消失了。

读信的时候，查尔斯一直绷着脸。

“是什么？”索菲想越过查尔斯的肩膀看看信里写了点儿什么，可是查尔斯太高了，“谁寄来的？他们想干什么？”

“我不太确定。”查尔斯的神情变了，完全不是一分钟前的那个人了，“似乎他们要来视察。”

“视察什么？视察我吗？”

“视察我们。全国儿童保育局要对我们做一次视察。他们怀疑我没有能力照顾你，而你已经是一位年轻女士了，他们觉得我无法教你成为一名淑女。”

“什么？这也太愚蠢了！”

“政府常常是这样的。”

“我才刚刚十二岁！实际上现在我只有十一岁。”

“尽管如此，他们还是要来。”

“他们是谁？信是谁寄来的？”

“两个人，一个叫马丁·艾略特。另一个人的名字我不会读。”

“可是凭什么啊？凭什么就应该让两个陌生人来决定我的生活？他们又不了解我！他们只是凡人啊！”

“凡人！我知道这种人。他们不是人。他们只是两撇小胡子而已，上面挂着白痴。”

索菲“扑哧”一声笑了，鼻涕都喷了出来。她揉了揉眼睛。“那咱们怎么办？”

“我想咱们应该打扫一下卫生。”索菲和查尔斯同时朝前厅的四处打量了一圈。她心中暗想已经够干净了，如果不算她抄写在墙纸上的诗歌或者蜘蛛网的话。索菲喜欢蜘蛛，掸掉墙上的灰尘时她总是绕过蜘蛛。

“我得把蜘蛛挪走吗？”

“恐怕是的，我还得剪掉长春藤。”

前一年长春藤的藤蔓钻进了窗户，爬满了前厅的一面墙壁，如同星期天才会戴上的帽子一样罩在了查尔斯祖母的那幅画像上。索菲非常喜欢。

“你可以留下长在波林奶奶上面的藤条吗？他们不会注意的，对吧？”

“我当然可以试一试。”显然查尔斯考虑的不是祖母的问题，“还有你，索菲。”

“我怎么了？”索菲感到自己的脸上泛起了红晕，“我有什么不对头的地方吗？”

“对我来说你当然几乎达到了人类最完美的程度，可是我怀疑——要是我说错了，你就纠正一下——你的头发不符合他们的要求。不，不是前额的——这里的，后脑勺上的。”

索菲摸了摸自己的后脑勺。“这里有什么不对？”

“确切地说，没有什么不对，只是这里像一团乱麻。我相信通常头发都被人们描述为一片帘幕，要不就是一片波浪。”

“哦！”索菲觉得查尔斯说得没错，她从来没有在书中读到过女主角长着一团团的头发，“这件事情就交给我吧。”

这天晚上，索菲跟自己的头发作了一场斗争。一开始她的头发似乎战胜了她。打结的地方在脖颈的最下面，手最难够到的地方——打结的向来都是这个部位的头发。索菲沮丧地扯着头发，到最后膝盖上放了一大把头发，可是头发里还有很大一团没有散开的疙瘩。她报复性地使劲儿梳着头发，结果梳子“啪”的一声断成了两截，没有滑下来，就吊在头发上。索菲小声地咒骂了一句：“真可恶。”

她跑下楼，来到厨房，找到了剪刀。她将剪刀插进了那团疙瘩的正中间，咬住舌头，鼓起勇气，一刀剪了下去。结果出乎意料，她突然感到了一阵满足。等到把梳子和大部分打结的头发剪掉后，她把头发编成了一条粗粗的辫子，让辫子耷拉在肩头。她想除非看得非常仔细，否则对方不太可能注意到什么的。她战战兢兢地摸了摸自己的头皮，保持淑女风范可真是一件令人痛苦的事情。

视察的日子到了，这一天索菲狠狠地把两只手刷洗了一遍，一直刷得指甲闪闪发亮。她还把脚踝上一半的皮肤给搓掉了。查尔斯用蜡烛上的蜡和一块煤把索菲的鞋子擦亮了；他们没有熨斗，所以他就用一块滚烫的砖把索菲的衣服熨平了。查尔斯扫了地，索菲用肥皂洗干净了墙壁。她把墙纸上一半的图案都洗掉了。索菲还在房间里摆满了一瓶瓶的鲜花。所有的东西都散发着一股玫瑰花瓣和肥皂的香气。

“我觉得看起来已经很好了。”索菲说。她一直很喜欢这所房子，可是这一天它似乎尤其漂亮，“我觉得家里看起来完美无缺。”

他们俩在门口徘徊着，谁都无法安静地坐下来。到了最后一刻，索菲突然想起了一件事情。

“离他们来我们家还有多少时间？”她向查尔斯问道。

“三分钟左右吧。怎么了？”

“我马上就回来。”她一步跨上四个台阶，就这样跑上了楼。回到卧室里她往鼻子上扑了一点爽身粉，在脸颊和嘴唇上抹了一点儿红颜料。房间里没有镜子，她只希望自己看起来还不错。

索菲下了楼，查尔斯看了直眨眼睛。索菲更加怀疑自己的脸颊比起“优雅的年轻女士”更像是“小丑”了，可是还没等他们来得及开口说什么，门铃就响了。

出现在门外台阶上的女人手里拿着一个纸夹板，脸上的表情就像是湿漉漉的袜子。站在她身旁的那个男人手里提着一只公文包，脸上挂着精心修饰过的胡子。索菲觉得这个男人看起来有点儿眼熟。

查尔斯悄悄地说了一声“小胡子”，索菲竭尽全力克制着自己才没有笑出来。

他们带着两位客人来到客厅，当他们提出喝点儿茶的时候对方拒绝了他们的好意，随即就开始发问了。索菲瑟缩了一下，感觉就像遭到了一场炮火的袭击。

“这个孩子为什么没去学校？”那个女人问道。

索菲没有吭声，她想看看查尔斯会如何回答这个问题。可是查尔斯没有作答，于是她说：“我不上学。”

“为什么不上？”那个男人说。

“我跟查尔斯学知识。”

“正常地上课吗？”那个女人看起来不相信索菲的说法。

“是的！当然了。”索菲说。这时她的脑海中闪现出一个有用的句子，“查尔斯说‘没有知识，你就只能看到一半的世界’。”

“哼。这样的课每天都上？”

“是的。”索菲撒谎了。事实上，无论何时他们俩有谁想起来了，他们就上课。但是索菲很容易忘掉这码小事。

“你能读书吗？”那个女人问道。

“能，当然能了！”这个问题真愚蠢。在索菲的记忆中，她还不会走路的时候就已经会读书了。

“你会做算术题吗？”

“呃，会的。”索菲说，这是实话，算是吧，“我很讨厌七的乘法口诀，但是我喜欢八和九的。”

“你能背出教义问答吗？”

“不能。”索菲的心有点儿凉了，“我不知道那是什么。是一位诗人吗？莎士比亚的大部分诗歌我都背得出，要是你想让我背的话。”

“不用了，谢了。没有这个必要。你会做饭吗？”

索菲点了点头。

“简单的烹饪、糕点，以及晚宴上吃的精致的千层蛋糕呢？”

“呃……会的，我想是这样的。”索菲坚定地告诉自己这不算撒谎。她从没做过千层蛋糕，但是会读书识字的人都会做饭，只要你找对了书。

“你肯定没吃好，你一副无精打采的样子，而且你太苍白了。她怎么这么苍白？”

查尔斯终于开口了。“她不算太苍白。她可是从月亮上切下来的。”

那个女人哼了哼，而那个男人的注意力转移到了别处。他朝四下里看了看，问索菲：“你就在这儿上课？”

“大多数的时候……”她刚要说出“在屋顶上”，可是这时查尔斯瞪大了眼睛警示她，还极其轻微地摇了摇头。“是的。大多数的时候就在这里。”

“那么，你们把黑板收到哪里去了？”

索菲想不出令人信服的回答，她只好实话实说。“我们没有黑板。”

“你怎么会指望没有黑板就能学知识呢？”那个女人问道。

“哦，我有书，还有纸，还有……”索菲面露喜色，“查尔斯允许我写在墙上。我还可以在墙上画画，只要我不在客厅的墙上写写画画就行。走廊的墙上也不行，除非是衣帽架背后的墙上。”

不知为何这个回答还是没能消除那个女人的不满。她站起身，转向那个男人，说：“咱们应该开始了吗？不敢想咱们会看到什么。”

他们两个人迈着坚定的步伐穿过房间，看起来就像是他们打算买下这幢房子似的。他们检查了床单和窗帘，想要看看床单上是否有破洞，窗帘上是否落满了灰尘。他们还察看了一下食品柜，在笔记本上记下了柜子里摆着几排奶酪，几罐果酱。最后，他们又闯进了索菲在阁楼上的卧室，把她的五斗橱仔仔细细地翻了一遍。

那个女人从抽屉里拉出一条红裤子，那个男人遗憾地摇着脑袋。那条绿裤子——脚脖子的位置上还带有几块有趣的污迹——令那个女人打起了哆嗦。

“无法容忍！马克西姆先生，我认为这太令人震惊了，您竟然让这种状况放任自流。”她说。

索菲说：“他根本没有让这种状况放任自流。我的意思是说——这些裤子都是我的，跟查尔斯一点关系都没有。”

“住嘴，孩子。”

索菲真想打这个女人。查尔斯站到了索菲身旁，不过他一句话也没有说。他几乎一言不发，下楼的时候也一直沉默着，只有在跟两位视察员握手的时候他才说了几句话。索菲使劲儿地听着，可是什么也没有听到。她关上了门，一屁股跌坐在垫子上。

“他们说了什么？我的表现没问题吧？”她咬着辫梢，“我恨他们，你不恨他们吗？我真想朝他们吐口水。那个男人啊！他的脸活像一只气球。”

“他似乎是证明进化论的一个绝佳的例子，是不是？还有那个女人！我见过的铁栏杆都比她更有人性的宽容。”

“他们在走的时候说了些什么？”

“他们说他们要交上去一份报告。”

“说的不止这些，对吧？你们聊得时间比说这句话要长。”

“我想我们最好谈一谈。最适合谈话的地方在哪里？厨房吗？”

凡是两位视察员到过的地方索菲都不想去。在他们走了之后这所房子马上变得又潮湿，又黏糊。“不。是屋顶。”

“没错。我去拿点儿威士忌。你干吗不快点儿去厨房，把奶油罐拿来？我想在这样的日子里吃点儿奶油会有好处的。”

索菲跑去了厨房。冰柜里的奶油罐凉冰冰的。厨房里还有果酱和一条刚烤好的面包，她把果酱和面包也带上了。爬上了屋顶后，她看到查尔斯已经坐在了烟囱帽上。

“坐吧。来点儿威士忌。”查尔斯朝四周张望，想找个杯子，接着把瓶子递给了索菲，“喝上一大口吧。”一喝下去索菲就咳嗽了起来，把酒吐了出来。查尔斯却说：“就把它想成是药。没错，做得好。你没事儿吧？”

“是的，当然没事。怎么了？他们说什么了？”

“索菲，你得努力让自己相信我接下来要告诉你的事情。你得努力理解这些事情。为了我，你能做到吗？”

“当然能，”索菲说，她气愤地盯着他，“怎么会不能呢？”

“别那么肯定，亲爱的。相信是一种天赋。”

“好吧。我会相信你的。是什么事情？”

“吃点儿面包和果酱吧。你可以用面包在奶油罐里蘸一蘸。”

“是什么事情，查尔斯？”

查尔斯拿了一些面包，用手指把面包碾来碾去。“首先要说的是，如果他们带走你的话，我会心碎的。你是我一生中一场伟大又毫无经验的冒险。没有你，我的生活会暗淡无光。”他向下瞟了一眼她，“索菲，你明白这一点吗？你相信我说的话吗？”

索菲点了点头。她的脸上泛起了红晕，每当别人提起她身上的优点时她就总会这样。“是的。我想我相信。”

“可是我无能为力，我阻止不了这些人。你不是合法地属于我。从法律的角度而言，你是国家的财产。你明白这点吗？”

“不，我不明白。这也太愚蠢了！”

“我完全同意。可是实际情况就是这样，我的孩子。”

“我怎么会属于国家？国家又不是一个人。国家不可能自发爱任何人。”

“我知道。可是，我相信他们打算带你走。他们俩没有任何明确的表示，但是他们暗示了。”

索菲突然感到全身冰冷。“他们不能这样。”

“亲爱的，他们可以。他们既干得出伟大的事情，也干得出愚蠢的事情。”

“要是咱们跑了呢？去另一个国家呢？咱们可以去……”

“他们会拦下咱们的，索菲。他们会告诉警察我把你给绑架了。”

“你怎么知道？我敢打赌他们不会的！”索菲一下蹦了起来，拽着查尔斯的手、他的袖子、他的头发，“咱们走吧。查尔斯，咱们可以一走了之。咱们用不着告诉别人。咱们趁他们还没交上报告的时候就走。求你了！”他一动不动。她抓住了他的袖子：“求你了！”

“真抱歉，我的心肝宝贝。”查尔斯看上去比早上老了一倍，在他摇头的时候索菲几乎听得到他脖子的骨头在嘎嘎作响，“亲爱的，他们会来找你，把你带回去的。这个世上就有这样一些人，一看到有人破坏了规矩，他们就会突然跳出来。艾略特小姐就是这种人。马丁·艾略特也是这种人。”

索菲一下站了起来。“艾略特！我说呢，他怎么看上去有些眼熟！查尔斯，你觉得他俩是亲戚吗？”

“老天爷！没错，事实上这种可能性非常大。天哪！有一次她说自己的兄弟在政府里上班。”

“那个老巫婆！”不知道为什么，想到艾略特小姐索菲反倒不那么难受了。愤怒比痛苦更容易对付。“我不会放弃，你懂的。”一说出这句话，索菲就感到自己变得更坚强、更结实了，“我不走。”

发誓自己要变得更坚强是一回事儿。但当信寄来的时候，保持坚强就变得非常困难了。

在一个灰蒙蒙的星期一早上，信被送来了，是写给查尔斯的，若不是查尔斯不急不忙地从索菲的手里把信拿了过去，索菲肯定会打开信封的。她端详着查尔斯，可是查尔斯小心翼翼地把脸绷得紧紧的，让人根本猜不出信里写的是什么。

索菲等不及查尔斯把信读完，说：“我能看一下吗？让我看一下吧？信上怎么说？是好消息吗？我能留下吗？你必须说我能留下。让我看一看吧？”

查尔斯说：“信上……信上没有……”只此一次，他似乎无言以对。他把信递给了索菲，索菲把信拿到了光亮处。

“亲爱的马克西姆先生：

我们——署名见下——写这封信是为了告知您我们在监护抚养年龄在十二至十八岁之间的女性的问题上的政策变更。”

索菲蹙起了眉头。“他们干吗非得这样说话？”她对官方信件痛恨之极。这种信令她感到紧张，写这种信的人听上去就像是有专门的文件柜来放置自己的心。

“继续读下去，索菲。”查尔斯的声音比以往忧郁多了。

“委员会一致认为年轻女性不应当由与其不存在血缘关系的单身男子抚养，除非在例外的情况下。对于您的被监护人，即苏菲·马克西姆，我们感到您在养育她的过程中存在着某些绝对不适宜女童的问题。

“他们是什么意思？某些绝对不适宜女童的问题？”索菲用手指狠狠地戳着信纸，“我不明白。”

“我也不明白。不过我能猜得出来。”

“他们指的是我的裤子，对不对？这太过分了！他们太坏了！”索菲说。

“继续往下读。”查尔斯说。

因此我们必须告知您，您的监护权将会被解除，您的被监护人将被送入位于莱斯特郡北部的圣凯瑟琳孤儿院。不服从本决定的行为将会招致法院裁决，亦即最长 15 年的劳役监禁。委员会的此项决定为最终决定，立即生效。

“劳役监禁？这是什么意思？”

“蹲监狱。”查尔斯说。

“您所在地区的儿童保育局官员，苏珊·艾略特小姐，将于六月五日星期三接走您的被监护人。

此致，

马丁·艾略特。”

索菲突然感到心里空荡荡的。她没话找话地说：“他们把我的名字拼错了。”

“的确如此。”

“如果他们想要伤透我的心，那他们至少把我的名字写对啊。”索菲看了看查尔斯。查尔斯似乎没有什么反应。

“查尔斯？”一颗泪珠顺颊而下，她愤怒地舔掉了泪珠，“求求你了，求求你说说话啊！”她说。

“这封信你看懂了？”

“他们要把我从你身边带走。他们要把你从我身边带走。”

“他们打算试一试，这是肯定的。”

索菲再也不想碰这封信了。她扔掉了信，把信踩在了脚底下。然后她又捡起信，重新读了一遍。她无法忍受“绝对不适宜”这样的说法。“你觉得要是当时我穿着裙子，或者不那么无精打采，或者要是我再漂亮一点儿，或者——我不知道——再可爱一些的话，他们就会让我留下来吗？”

查尔斯摇了摇头。索菲吃惊地看到他在默默地哭泣。

“现在怎么办？”她把手伸进他的口袋里，把他的手绢掏了出来，放在了他的手上，“给你，查尔斯，求求你说说话吧。

现在咱们怎么办？”

“真抱歉，我的孩子。”索菲从来没见过有谁的脸色会如此苍白，“恐怕什么也做不了。”

突然间，索菲再也忍受不下去了。她飞奔回自己的房间，上楼梯的时候还被绊倒了。眼睛里的泪水让整个世界都变得模糊不清。她想都没想就一把抓起拨火棍，朝琴匣砸了下去，琴匣“咔嚓”一声裂成了两半。她又朝着摆在床边的水罐抡了过去，水罐的碎片落满了毯子和枕头。她听到楼下传来一声惊叫，接着就是跑上楼的脚步声。她重重地踩着、踹着琴匣，琴匣四分五裂，房间里到处都是染了色的碎木片儿。

倘若你不曾用拨火棍打烂过木盒子，那么绝对值得一试。慢慢地，索菲感到呼吸有些顺畅了。

“我不走，”每抡一下拨火棍她就小声说一次，“我不走。”

过了一会儿，泪水和鼻涕仍旧淌在脸颊上，不过她已不哽咽。她找到了正确的节奏——砸一下，喘一口气，打一下，喘一口气。

“我不走，”她小声说，“不走。”砸一下，“不走。”打一下，“不走。”

好一会儿她才意识到查尔斯就站在门口。

“我的心肝宝贝，你还好吗？”

“哦！我刚才只是……”

“可不是嘛。很敏感。”查尔斯察看了一下房间，然后就牵着她的手，带着她进了浴室，“碰到这种情况就需要一些热水。”

查尔斯没有再多说什么，索菲也不知道该做些什么，只能蜷缩在一堆毛巾上，不住地打着嗝，抽着鼻子。查尔斯把家里所有的锅都放在楼下的炉子上烧水，然后在浴盆里放了一些干柠檬片和薄荷。终于，浴盆里冒起了热气。“在里面待上半个钟头，我还有点儿事情要去处理。”查尔斯说。

索菲可受不了安安静静地坐在浴盆里，她狠狠地踹了一脚窗户，收回脚，又一脚踏在墙上，直到查尔斯的声音从楼下飘了上来。“索菲，进浴盆里，撩一撩水。你会惊讶地发现撩水很管用。”

索菲忘了浴室的地板就在厨房的正上方。她叹了一口气，脱了衣服，报复性地拽掉了脚上的靴子。“好吧！现在我进来了。”她喊了一声。

既然已经这么说了，如果她还不进去的话，那她就在撒谎了。热水漫到了她的肚脐上，柠檬片轻轻地拍打着她的腿。当身体完全没入热水中的时候，所有的斗志似乎都化为了乌有。她沉了下去，躺在浴盆里，她的心也沉了下去。她什么也想不起来了。

终于，她爬出了浴盆。刚一走到卧室的地垫上，她的两条腿就瘫软了，整个人倒在了地上，身上还裹着浴巾。她躺在那里，半睡半醒，目光直勾勾的一片空洞。

渐渐地，空洞变成了什么东西。一个小小的光点贴在墙壁上嬉戏着，索菲心不在焉地盯了几分钟。

她回过头看了看那堆曾经是大提琴琴匣的碎木片，想要看看究竟是什么通过反射在墙上投下那个光点。突然，血液涌遍了全身，她从地上蹦了起来。

一条长长的染了色的碎木片仍旧勉强挂在琴匣内侧的绿色呢子衬里上。索菲一把抓起那个碎木片，大拇指都扎进了一根木刺。“哎呀！糟糕！”

在绿色呢子下面的木头上钉着一块黄铜牌子，光线斜照过来，一缕阳光被反射在房间的另一头。

小牌子上写着一个地址。不是用英文写的。

为了仔细看一看牌子上的字，索菲只能把小木片放在桌子上。她的手抖得太厉害了，甚至都拿不稳小牌子。

弦乐器制造商

查理曼大街16号

玛莱区，巴黎

291054

索菲在书房里找到了查尔斯。查尔斯正坐在窗户跟前，手里拿着一张报纸，可是眼睛似乎并没有盯在报纸上。雨溅了进来，模糊了头版上的字迹而，而查尔斯都没有找东西给自己挡一下雨。

索菲跑到了查尔斯的身边，可是查尔斯没有转过头。他只是眨了眨眼睛，那双黝黑的眼睛一片茫然。索菲惊恐地爬上了他椅子的扶手，扯他的衣袖。后来回想起来当时的情景，她觉得自己甚至有可能还咬了几口他的眉毛，以唤起他的注意。

“看哪！查尔斯，看哪！”

查尔斯的眼睛缓缓地回过神来。他笑了笑，很淡的笑容。“看什么？”

“这个！”

查尔斯朝四处看了看，寻找自己的眼镜。眼镜没有出现在他的视线里，于是他把那个小木片举到了自己的鼻子跟前。“玛莱区，巴黎。索菲，这是什么？”

“是法国的！这把琴是法国的！”

“你从哪里找到的这个？”

“咱们得去一趟法国！马上！”索菲激动得喘息不畅，呼吸急促，“就今天！”

“坐下，索菲，仔细跟我说说。”

索菲坐了下来，就坐在查尔斯的脚上，这样查尔斯就动弹不了了。她的嘴里干巴巴的，她不得不咬着舌头，直到有了足够的唾液开口说话。然后她就尽量冷静地给查尔斯解释了起来。

刹那间，查尔斯就明白了索菲的意思。他从椅子上一跃而起，害得索菲倒在了壁炉前的地毯上。

“天哪！索菲，可爱的孩子！你这个歌喉美妙的小火怪。我怎么就没想到她有可能是法国人呢？我觉得我需要来上点儿威士忌。哦，老天爷！”

索菲仰面滚到了写字台下面。“要是她现在就住在巴黎该怎么办？”

“是啊，该怎么办？有这种可能，索菲。亲爱的，我不是说很有可能——你也清楚那个琴匣或许不是她的——不过的确有这种可能。法国，当然了，我的老天！”

“而且，绝不要忽视任何一种可能！”

“没错！噢，我亲爱的小东西，这是多么了不起的大发现啊。”他看了看仍旧放在写字台上的那封信，“无论如何咱们都得离开这里了。”

“去巴黎？”索菲在心里把她知道的诸天神佛都拜了个遍。

“当然了。不然还会去哪儿？巴黎啊，索菲！赶紧！去收拾行李！带上你最好的裤子和最白的袜子！”

查尔斯的话就如同一声军号，索菲从地上一跃而起。“我想我的袜子都不怎么白。”她说。

“那就等咱们到了那边再买！”

“巴黎裤子！好的，就这样了。”索菲笑了起来，可是马丁·艾略特发来的信就躺在写字台上，它似乎在凝视着她。“他们会跟着咱们吗？”她说。

“或许吧。是的。很有可能。所以咱们明天就走。”

“什么？真的？”

“真的。”

“但是……你当真？”

“我不会拿这种事情开玩笑。”查尔斯翻到报纸上发布贸易、天气和船只离港信息的那一版，“要是他们真的决定跟着咱们——或者，更有可能的是通知巴黎警方——至少两三天内他们还不会动手。”

“两三天？”索菲还一心指望着会是几个星期。肯定会是几个星期啊。

“两三天。索菲，咱们得小心一点儿，不过咱们现在处在有利的位置。”查尔斯在一栏船期表和潮期表的旁边草草地打了一个叉，然后合上了报纸。他的眼睛里闪着兴奋的光芒，就像她在火炉边取暖时的感觉，“索菲，任何组织机构都远远不如人那么聪明。尤其是和你这个人比的时候。记住这一点。”

第六章
chapter six

海与风彼此呢喃

旅程并不轻松。索菲心想，原本就没有多少旅程是轻松的，而他们可是打算在光天化日之下非法逃离一个国家，自然就更加艰难了。

“少带点儿行李。如果被人看到我们离开，我们必须让自己看起来是一副去看牙医的样子。”查尔斯说。

“牙医？咱们从来不去看牙医啊。”

“那就是去音乐会吧。一个包就够了。”

于是，索菲只带上了自己的大提琴。她把针织衫和长裤尽可能地紧紧地卷了起来，然后把这些衣服全都塞进了琴匣的各个角落里。装好衣服后，琴匣里只能装下一件东西了。应该带上自己的笔记本，还是带上一条裙子以防万一呢？她告诉自己：“裙子是伪装。你绝对不知道什么时候就得需要伪装一下。”她很不情愿地把裙子塞进了琴匣里，然后“啪”的一声合上了琴匣。

查尔斯只带上了自己的手提箱。从他把公文包放进出租车时的模样判断，箱子有些沉。当出租车上路的时候，索菲觉得自己看到隔壁房子里的窗帘落了下来，一个身影猛地缩了回去，消失在窗帘背后。她倒吸了一口凉气，直视着前方。当车子“咔咔啦啦”地走在大街上的时候，为了图个吉利，她又在心里默默地祈祷起来。

索菲拖着琴匣走进了火车站，车站里人声鼎沸，烟气腾腾。“哦……哦，不要啊。”索菲说，声音很轻。人群令她感到难受，因为人群太像一艘正在沉没的船。“哦，救命。”她的心里突然升起一股强烈的冲动，要爬上墙，躲在车站大钟的背后。

查尔斯却一点儿也不担忧，他的眼睛非常明亮。“天哪，太令人难忘了，是不是？闻闻这个味儿！索菲，机油！”然后才他明白索菲紧张的神情和夹紧的胳膊肘意味着什么。

“没事吧，我的孩子？”

“当然没事儿了！还好吧。差不多吧。”一群男孩子吵吵闹闹、打来打去地经过时，索菲瑟缩了一下，“其实不太好。”

“知道吗，我觉得在火车站能做的最好的事情就是买上一大堆自己最喜欢吃的东西，然后找个角落坐下来，盯着天花板。”

“盯着天花板？为什么？”

“火车站往往都有美轮美奂的天花板。”索菲仰起头，帽子都掉了。真的！火车站的天花板完全就是一片由玻璃和锃亮的铁皮构成的迷宫，看上去就像是一百架钢琴。

查尔斯在口袋里摸了摸，从一堆线绳、钞票和硬糖中摸出了几枚硬币。“给你——这是一枚六便士。等等——这里有一先令，你可以买杯茶。要热得能把嗓子烫坏的，否则水就不能喝。”

“好的——谢谢你，这是当然的——可是，等一等，查尔斯！你要上哪儿去？”

“去找行李工，再确定一下咱们的车票。”

“要是我找不到你可怎么办？”

“那我会再找到你的。”

“可是，要是你找不到呢？”索菲把一只手搭在查尔斯的外套上，“查尔斯，等等，别走啊！”每当她这副样子的时候她就恨自己，可是她的内心实在是太紧张了。

“索菲，你可长着一头闪电色的头发！”查尔斯笑了笑。这一天他的笑容都非常灿烂，“你是不太容易走丢的。”

在小吃摊跟前，索菲拿不定主意究竟应该买切尔西果酱面包，还是红色果酱夹心圆饼干。艾略特小姐说这种饼干才是普通孩子们吃的东西，她还从来没吃过呢。那些饼干就像红宝石一样闪闪发光。

柜台后面的那个女人看上去一副令人放心的样子。她的脸颊上长着红色的疹子，有着一双和善的眼睛。

“亲爱的，要切尔西果酱面包吗？手指泡芙？草莓饼干？”

一想到艾略特小姐会做一番怎样的评论，索菲就又有了勇气。“饼干，谢谢。六块。”

“给你，亲爱的。可别一口气吃完啊，宝贝儿，要不然你就会成为车站厕所的熟客了。”

索菲认真地点了点头。她拿起一块饼干吃了起来，结果饼干把牙齿粘在了一起，这种感觉真美妙。饼干吃起来一点儿也没有草莓的味道，不过确实有一股冒险的滋味。

“亲爱的，要去做什么激动人心的事吗？”那个女人一边说，一边在围裙里叮叮当当地给索菲找着零钱。

索菲想要张开黏糊糊的嘴巴，说出“旅行”两个字。就在这时，她瞟了一眼车站的大钟，“都半点快四十了。”

“去办点私事？不错嘛。”

现在索菲的上下牙已经被果酱黏得牢牢的，她只能露出一个黏糊糊的笑容，点点头。从某种角度而言，这么说也没错。她要去寻找自己的妈妈。

“那就愿好运气一直伴着你。”说完那个女人就用一张报纸包起一块切尔西果酱面包，然后隔着柜台塞给了索菲，“拿着，图个吉利。吃饱肚子，好运自然来。”

火车比索菲想象的要大一倍，车厢是绿色的，就是通常会用在祖母绿和龙身上的那种绿色，在索菲看来这种绿色就像一个好兆头。

“找六号车。你在 A 号包厢。他们告诉我这个包厢平日都是给留给肯特公爵家的孩子，可是这个夏天他们都去苏格兰打猎了。现在这个包厢完全归你啦。”查尔斯说。

他们侧着身子从一个个后背挺得直直的、领子浆得硬硬的搬运工身边经过，径直向前，朝着火车头的方向走去。整列火车从头到尾贯穿着一条窄窄的过道，过道边的滑门里面就是包厢。索菲竭力不挡路，尽量不显得太过兴奋，努力让自己看起来不太像一名非法的逃亡者。这三个目标都不容易实现。

“到了！”查尔斯吃力地把索菲的大提琴琴匣转来转去，最后终于挪进了包厢，然后转过身来。他的脸上光芒四射。“就剩这么一个包厢了，索菲。但愿你不会讨厌这里。”

索菲贴着查尔斯的肩膀看到了包厢里面，然后就盯着不动了。“讨厌这里？这简直就是一场想象中才会出现的游戏！”包厢外面的过道里人来人往，挤来挤去，对此索菲根本就不在意，“这里太……金光闪闪了。这里简直就是一座宫殿！”

查尔斯哈哈大笑起来，他把索菲拉进来，把其他包厢统统关在了门外。“一座非常小的宫殿，算是旅行版的吧。”

车厢很漂亮，所有的东西都是适合儿童使用的尺寸，是用魔法才会有的精美和细致做出来的。索菲努力摆出一副自己对这些东西已经司空见惯的神情——至少在搬运工还看着他们的时候——可是她根本做不到，毕竟她还从未见过被擦得这么一尘不染的镶着金边的东西。枕头又鼓又圆，就像鹅的肚子。镜子也镶着金边，实际上金边和镜面的面积差不多是一样的。索菲轻轻地敲了敲金边，听起来是实心的。

“再瞧瞧你的夜壶。值得一看。”查尔斯说。

索菲蹲下去，往铺位底下看了看。一只金色的夜壶牢牢地绑在床底下的墙壁上，夜壶的边沿还画着一圈红色的康乃馨。

“看到了没有？就连起夜的东西都有。”查尔斯说。

“可是，你睡在哪里？也睡在这儿吗？”包厢里有两个铺位，可是全都是儿童尺寸的。查尔斯的大半拉身子都只能吊在床尾外面。

“我要跟卢森堡的一位殡仪商共用一个铺位。悲惨的命运，不过我不会因此就送了命。毕竟情况还不算太糟糕。本来可以是一个比利时人。”查尔斯低下头，冲着索菲笑了笑，“三个星期里就只剩这么几张床了。我想总比心痒难耐地干等着要好一些。”

“没错！”索菲心想，干等着的话可太难受了，她会死掉的，“没错。谢谢你！”

“现在，都没问题了吧？”查尔斯问道。他没有手绢，于是找出来一只干净袜子，擤了擤鼻子。在索菲听来查尔斯擤鼻子的声音就像是希望的号角声。“需要的东西都有了吧？”

“有了，我想都有了。不过，其实……”索菲的肚子咕噜噜地响了起来，“咱们有吃的东西吗？”

“当然有了！我怎么可能忘掉这件事情？旅行中最美好的一点就在于食物。”车上有一节餐车车厢，可是有好几个钟头都不会开放。我偷偷地带了些吃的，能带多少就带了多少。”查尔斯走到安在对面墙上的木桌子跟前，一样接着一样地把袋子里的东西往外掏。先是六个苹果，接着是香肠卷，香肠卷的酥皮落满了他的外套，然后他又掏出一块厚厚的黄奶酪。从怀表的背面他又取出了一撮盐。最后，他就像魔术师一样从帽子下面拿出来半只用油纸包着的烤鸡。

“噢，天哪！噢，太棒了！”索菲把饼干也放了进去，不过她留下了切尔西果酱面包以后再吃。她将其他食物统统堆在了一条毛巾上。“好啦！”食物堆到了她的鼻子那里，“这下就完美了。”

“现在应有尽有了吧？”

“嗯。”索菲刚刚吃了一口奶酪。味道太美妙了，咸味和奶味混合在一起。火车抖了一下，开始前进了。索菲拥有查尔斯、烤鸡，还有一场冒险。塞满了一嘴食物的她说：“应有尽有了。”

到了多佛港他们下了火车，坐上了船。这一天海面上波涛汹涌，大海在他们面前隆隆作响。它灰蒙蒙的，透着一股狂野的气息。索菲竭力不去低头看它。她使劲忍着不去想那些死去的女人。

“没问题吧？”查尔斯说。

索菲点了点头，她说不出话来。

更糟糕的是，同船的乘客中还有一名警察。索菲告诉自己警察不可能是冲着她来的，很有可能他在度假，即便这样他还是令她心惊胆战。为了避开那位警察的视线，她在船上慢慢地挪着脚步，一直挪到外面的甲板上一个人待着。她竭力让自己无视大海，可是无视大海就如同无视一个拿着枪的男人一样，她不可能做得到。海面一直伸向地平线，她眯起眼睛，可还是看不到法国。她紧紧地抓着栏杆，让自己不要慌张。

刚走到甲板中间，查尔斯就看到了索菲的神情。他悄无声息地走到索菲身旁，把手放在索菲的手上，他的手就如同母亲的手那样温柔。

“听！”他说，“你能听到吗？”

索菲只听得见海水的声响。“听到什么？”恐惧令她恶声恶气的，尽管她并不想要这样，“到底让我听什么？”

“嗫语！”查尔斯说，“这可是一个好兆头。”

“什么语？”

“嗫语。当海与风适时地彼此呢喃，就像人们在私下里欢笑一样。又来了！听到了吗？”

索菲将信将疑地说:“只有人才会呢喃。大海只会咆哮。风只会呼呼地刮。”

“不。海与风有时候会呢喃。它们是老朋友了。”

“哦。”索菲把自己的手从栏杆上松开，紧紧地抓住了查尔斯的手。她趴在查尔斯的外套上深深地吸了几口气，挺直了脊背。

“它们一起发出响声就意味着好运气。嗫语——这可是一个好兆头。”查尔斯说。

第 七 章

chapter seven

褐色的眼睛

直到巴黎北站，索菲才想起了一个显而易见的问题。她把琴匣紧紧地搂在怀里，站在查尔斯身旁。火车上的那位英国搬运工望着天空。“先生，很快又要来暴风雨了。但愿您随身带着雨伞。”

“我是英国人，永远随身带着伞。我是不会不带伞就出门的，就像不带小肠我就不可能离开家一样。”查尔斯说。

“那我就得请您趁着还来得及的时候自己去旅馆了，先生。我可不喜欢这种天气。”

就在这时，索菲突然想到了那个问题。她吓了一跳，自己之前居然没考虑过这个问题。当时她在匆忙之中只顾一门心思惦记着英国边境检查的事情。“查尔斯，咱们去哪儿过夜？”她问道。

“问得好……”

“还有，”她打断了查尔斯，“而且——接下来咱们该做什么？”

“问得好，两个问题都问得好。前一个问题很简单，那位殡仪商可帮了咱们的大忙，他推荐了一个非常不错的小旅馆，就在塞纳河附近。”说完查尔斯举高了自己的手提箱，“咱们得叫一辆出租车。”

火车站的旁边有一排马车在等候，它们光鲜程度各异；有的马车下面吊着有趣的部件，另一些马车的车厢闪闪发光，还散发着一股消毒剂的味道。其中一辆的车厢刷成了灰色和银色，索菲一眼就看中了它。车上套的马跟车厢很般配，它的脸比其他马都要瘦，也更聪明，看起来就像查尔斯。不过索菲决定不把这个发现告诉查尔斯。

“咱们坐这辆可以吗？”她把最后一块巧克力朝那匹灰色的母马递了过去，“这匹马看起来感到无聊了。”

“当然可以。”查尔斯给了马车夫几枚硬币，那个男人便把他们不多的几件行李搬上了马车。“不得不说法国的马长得非常俊俏。巴黎让我觉得我应该梳一梳头了。”查尔斯说。

索菲左看看，右看看，路上的树长得比楼房还高，鹅卵石铺就的街道朝四面八方蜿蜒出去。女人们穿的裙子式样跟伦敦的女人都不一样，不知为什么这里的女人似乎都在滑步走，就仿佛她们走在水里似的。“没错！我明白你的意思。就

连鸽子都比伦敦的鸽子更时髦。”索菲说。她意识到自己的五脏六腑全都颤抖着，就像在圣诞节前夕那样。她又问道：“咱们什么时候能到旅馆？然后咱们干什么？”

“去找一家面包店，索菲，然后咱们要制定一个计划。”

“为什么要找面包店？我在想咱们更应该去警察局吧？或者邮局，或者市长办公室？”

“计划中最重要的部分就是找点儿吃的。假如首相们在政府会议期间吃上几个面包圈，那么战争就会少多了。”

“那么然后呢？然后干什么？”索菲说。

“然后嘛，咱们就去找人。”查尔斯说。

塞纳河的上空，距离地面三十英尺的地方，一双褐色的眼睛正望着下面的街道。那双眼睛看到一辆轻便的马车在博斯特旅馆门前停了下来，一个女孩从车厢里钻了出来。那双眼睛注意到女孩抽搐的手指，紧张而激动的肩胛，看到她坚定地紧咬着牙齿，把一个大提琴的琴匣从车上拖了下来，又看着她狼狈地朝后跳了一步，躲开了一辆汽车。那双眼睛还看到女孩心急火燎地打开琴匣，把那把琴拿了出来，前前后后地检查了一遍，然后在人行道上蹲下来，用手指弹拨出低沉嗡鸣的旋律。

琴声那么柔和，几乎被楼下的车流声淹没了，可是那双褐色的眼睛忽闪着，仿佛被琴声打动了。

第 八 章

chapter eight

眼熟的烟囱

索菲和查尔斯制定的计划必然很简单。索菲把计划写在了一张小纸片上。

1. 找到查理曼大街。

2.

写到“2”的时候她迟疑了一下，然后在后面画上了一个大大的问号，又在问号下面划了一道红线。她把计划清单装进自己的口袋里，去找查尔斯了。

查尔斯的房间很舒服，不过算不上光鲜。房间里摆着两把瘦长的椅子，曾经坐在上面的那些屁股在椅子上先后留下了一堆印记；地上还铺着两块地毯，都该花大价钱好好维护一下了。就连放在床边的蜡烛看起来都是别人用过的，不过床单和枕套倒是散发着熏衣草的香气。风从塞纳河上吹来，空气中夹杂着一股讨厌的咸味。但是索菲从来不曾像现在这样在旅馆里找到了家的感觉，通常旅馆都会让她打起寒战。

博斯特旅馆的房子又高又窄，夹在两幢更气派的公寓楼中间。旅馆不贵，因为正如索菲刚刚发现的那样，没有室内厕所，只有一只木箱子放在花园里。除此以外，这家旅馆算得上十全十美了。从窗户望出去，狭窄的街道和路边的咖啡馆从楼下一路蜿蜒伸向了河边。

索菲坐在查尔斯的床上，蹦了几下。床头的墙上挂着一幅画，画中男人长着一把须稍打卷的大胡子。

“我喜欢他的胡子。他的胡子都能当画笔了。”索菲说。

查尔斯抬头看了看，有些吃惊。“什么？”然后他大笑了起来，“你找到卫生间了吗？”

“找到了，不过咱们要跟一家子蜘蛛合用一个卫生间。房梁上还有一个鸟窝。我很喜欢。”

“很好。咱们可以去你的房间打探一番吗？我来拿着你的琴匣。用不着？随你的便。”

索菲的房间在旅馆的阁楼上，没什么可打探的。门道很小，查尔斯只能待在门外，让索菲自己进去了。等索菲把琴匣放好后，房间里几乎就没有让人落脚的地方了。

“瞧啊！”她说。

墙壁上覆盖着潦草的墨迹。为了迁就光线最充足的地方，墨迹排列得乱七八糟的，都是些匆匆写上去的黑色笔画，一笔一画都显得那么焦躁不安。“我喜欢。这些像是法文。”

“看起来像乐谱。”查尔斯说。他缩起脖子，往里仔细看了看，“这里没有窗户吗？”

“有天窗。”索菲说。

带有四根帷柱的小床在四面都挂着白色的棉布，顶上敞开着，斜屋顶上安着一扇窗户。抬头看过去，索菲突然明白了查尔斯没能一眼看到天窗是因为窗户的外面覆盖着厚厚一层鸟粪，而鸟粪的颜色又跟白色天花板一样。

“你觉得它能打开吗？”她问道。

“我想只有一个办法能知道答案。”查尔斯侧着身子进了房间，把手里的报纸放在了床上。他踩在报纸上，撬开了窗户上的挂钩。接着他又推了一下窗户，可是窗户没有打开。他又用雨伞捅了捅合页，窗户仍旧纹丝不动。

“合页锈住了。不难办。不是刷过漆关闭的，应该不成问题。”他说。

“你觉得旅馆里有油吗？”

“不太可能。不过咱们明天可以找点儿油。”

“谢谢你。”索菲站到了床上，眯着眼睛透过鸽子粪之间的空隙打量着窗外。她看见了红色的烟囱顶帽，还有蓝蓝的天空。“我感觉我的心都要飞出来了。查尔斯，这里感觉太熟悉了，我不知道为什么会这样。可是，这是真的。你信吗？”她说。

“你指的是巴黎吗？”

“是的，算是吧。或许是。不过，其实我想说的是这些烟囱顶帽。它们看上去太眼熟了，它们的颜色真好看啊！”

查尔斯是一位学者，他总是说学者是用来注意细节的。他一定是从索菲的声音里听出来索菲想要一个人待会儿，所以他立即大步流星地朝门外走去。“你自己去研究吧。索菲，就半个小时，然后咱们去找一张地图，去查理曼大街。那条街要是就在塞纳河附近的话，距离这里就不会太远。”

第九章
chapter nine

暴风雨演奏的音乐

查理曼大街不难找，步行十分钟就走到了。穿过铺满石子的大街小巷，满是红色康乃馨的窗台花箱，还有路上吃着热面包的孩子们，十分钟里索菲的心不停地翻着跟头，跳着欢快的吉特巴舞，她几乎难以自持。“稳住。”她小声地对自己说。随即又说：“打住。够了。”

“你在说话么？”查尔斯说。

“没有。我在给鸽子们唱歌。”

那家商店的橱窗上方挂着一块牌子。橱窗里摆着一把小提琴，小提琴就安放在一个丝绸质地的底座上。橱窗里还摆放着一些花。除了那把小提琴，其他的所有东西都蒙着一层灰尘。

店铺里面摆的东西太多了，所有东西看上去随时都有可能从架子上掉下去。走进去的时候，索菲吸了吸肚子，不安地瞟了一眼查尔斯。查尔斯那么高，他一直不太在意自己的两条腿放在了什么地方。

“有人吗？”索菲说。“下午好。”查尔斯补了一句。

没有人回应。他们俩一动不动地站着，等待着。索菲数了五分钟，每过十秒钟她就喊一声：“有人吗？哈罗？有人吗？”

“我想这里没有人。咱们晚点儿再来吧？”查尔斯说。

“不！咱们等着。”

“有人吗？”查尔斯又喊了一声，“我这里有个拉大提琴的孩子。她需要您帮个忙。”

这一次终于传来了类似马喷鼻子的声音，一个男人从柜台背后的门里走了出来，一边走一边揉着眼睛。他驼着背，安坐在腰带上方的将军肚活像是个搅拌碗，塞满了他的衬衣。

“真抱歉！”他用法语快速地说了几句。

索菲礼貌地笑了笑，可是一脸的茫然。

“没关系！”查尔斯用法语回答。

“他说什么？”索菲小声问道。

“啊！”那个男人笑了笑，“我说刚才我小睡了一会儿。你们是英国人？”他的英语带着浓重的法国腔，但是他说得很流利。“有什么可以帮你们的？”

“是的，麻烦您！至少我希望如此。”索菲将那枚牌子放在了柜台上。她把八根手指叉在一起，“就是这个。”

“这块牌子用螺丝拧在了一个大提琴的琴匣盖子上。您能跟我们说说这块牌子的事儿吗？”查尔斯说。

那个男人似乎一点儿也不吃惊。“当然可以。当然可以。”他用手指抚弄着牌子，“这是我的牌子，我亲手刻的。这些牌子都钉在琴匣里面。就在绿呢子衬布的下面。”

“没错！”索菲松开了手指，然后又把手指叉在了一起，“没错，就在那个位置！”

“那么这块牌子肯定很老了，因为十年前我们就不再用黄铜了。我们发现在呢子下面黄铜会生锈。”那个男人说。

“为什么放在呢子的下面？”查尔斯问，“这么做失去了铭牌原本的意义啊！”

“不过，当然，这样它们就不会刮到琴了。不过地址就在上面，如果有人需要的话。”

“那么，”索菲屏住了呼吸，接着不得不吐出了一口气，这样才能说出话来，“您还记得这个琴匣配的是哪一把琴吗？您记不记得是谁买走了那把琴？”

“当然记得。孩子，大提琴价值不菲。一个人一辈子大概只能做出二十把大提琴。你看这个序列号——291054——这表示这把琴有二十九英寸。在过去的三十年里我只做了三把这样的大提琴。常规款——我相信你们都知道的——是三十二英寸。”

“那么是谁买了这一把呢？”索菲慢慢地把放在桌子上的牌子朝对方推了过去，“我只关心这个。”

“我想这把特殊的大提琴是被一位女士买走了。”

“女士？”索菲的内心飞旋了起来，不过她还是稳住了自己，“什么样的女士？”

“一位端庄的女士，我想是的。”

查尔斯说：“能具体点儿吗？这是多久以前的事情？”

“大约……十五年前。没准更早，没准晚一些。她看起来很正常，就是漂亮女人的那种正常。我发现漂亮女人通常都有点儿古怪。”

“她还有什么特征？”索菲说，“求求您了。还有什么特征？”

“她个子很高，我想是的。”

“还有呢？还有呢？”索菲说。她把针织毛衣的领子拉到了嘴巴上，一口咬住了毛衣。

“还有什么？恐怕再没什么了。”

“求求您了！”索菲的耳朵里轰然作响，“这件事情很重要。这件事情太重要了！”

“唔，我记得她长着音乐家的手指，非常苍白，就像是一棵树的树根。”

“是吗？还有呢？”索菲说。

“她留着短发，眼睛动个不停。”

“头发是什么颜色的？眼睛是什么颜色的？”

“淡色，我想是的。黄色的头发。要不就是橘红色的。我不知道！”

“求求您了！求求您了，使劲儿想想！这件事情很重要！”

他说：“我很想帮你，可是我必须承认我不擅长记住别人的脸。我对乐器更擅长。”他眯缝着眼睛看着他们俩，他们两个人并排站在一片昏暗中。“不过，我觉得她看起来非常像你。不是您，先生。是你。”

“您确定？您敢发誓这些都不是您编出来的？您敢发誓您对这些有把握？”索菲问道。

“我的小美人，等你上了年纪，你就很难对什么事情有把握了。有把握可是一个坏习惯。”这个男人笑了笑，他的身子嘎吱作响。“别走。”他压低身子，坐了下来，“我有个助手，卖掉这把琴的时候他在场，他记得应该比我清楚。现如今我只记得住音乐了。”

琴行老板身体发福，圆圆胖胖，而他的助手则是一个身体结实、棱角分明的人。他们两个人用法语交谈着，然后年轻的那个转向了查尔斯。

“没错。我记得的。她叫薇薇安。”他说。

这个突如其来的名字就像是一拳砸过来似的。索菲的呼吸脱离了她的身体，她只是直勾勾地瞪着眼睛。

查尔斯说：“姓什么的薇薇安？”

对方耸了耸肩。“我不记得了。一种颜色，我想是的。鲁斯（红色），没准吧。我不知道。沃特（绿色），或许吧。究竟是哪一个呢？我觉得是沃特。”

“薇薇安！”索菲的内心就像芭蕾舞演员那样做了一个高难度的单脚尖旋转。薇薇安。这可是一个非常重要的名字。

查尔斯说：“谢谢您。您还记得些什么吗？她结婚了吗？她有孩子吗？”

“没结，没有孩子。”助手长着一双严厉的眼睛和一张喜欢嘲笑别人的嘴巴，“不过，她很穷——她的衣服很不体面——要是听到她有孩子，无论有几个我都不会感到惊讶的。她看起来就是那种最终会吃官司的人。”

“什么？”索菲说。

助手吸了吸鼻子。“她长了一张看起来无法无天的嘴巴。”

查尔斯看了看索菲的脸。他打断了助手。“她是职业音乐家吗？”他问。

助手耸了耸肩。“先生，在法国，女人可不会成为职业音乐家。谢天谢地。不过她拉了拉那把琴，就在店里面，直到我制止住了她。”

索菲说：“你制止住了她？”

“小丫头！可别用这种口气跟我讲话。当时她可是打扰到其他顾客了。”

“她拉得好吗？”

这个男人似乎不明白这一点有什么重要的，索菲也没有把握应该怎样才能让他明白这一点。她用两只拳头敲打着柜台:“她拉得很棒吧?”

对方又耸了耸肩。“她可是个女人。女人的才艺是有限的。”索菲真想打他,狠狠地、动用全身肌肉揍他一顿。她真想用挂在墙上的小提琴砸他。对方又说:“她很古怪。”

这时传来了一声咳嗽声。老店主从柜台后面走了出来,站在了助手的身旁。他像拿着马鞭一样拿着一支大提琴的琴弓,“再说得更狠一点儿吧,拜托你了,里尔先生。”

里尔先生涨红了脸。“我的意思是,从音乐方面而言她很古怪。她用双重拍子拉《葬礼进行曲》,拉福雷的《安魂曲》缺乏必要的庄严。”

“真的吗?”索菲说。

“真的!”老店主笑了笑,“我记得这事儿!这事儿我的确记得!她说她就只知道《葬礼进行曲》,因为她就住在一座礼堂附近。”

“礼堂?”索菲问,“她说是哪一座礼堂了吗?”

“没有。不过,她说人们应该能够和着音乐跳舞,所以她学会了那些曲子,还用双重拍子来演奏这些曲子。”

索菲非常喜欢那种曲子的声音。她也会喜欢这么做的。“她拉得很好,对不对?我就知道她拉得很好。”索菲的手指感到一阵刺痛。

“这和好不好没任何关系。她拉得非常不得体。她把庄重严肃的音乐弄得很轻浮。那种拉法……太不规范了。”助手说。

“您能为我们演示一下么？”查尔斯说。

“不能。我可做不到。”助手说。

老店主挺了挺后背，他的脊背就像左轮手枪射击那样响了一声。索菲退后了一步。“我可以。”店主说。

里尔先生看上去感到很震惊。“先生！想想您的医生是怎么说的吧。”

“就算帮这个小姑娘一个忙吧。”说完他就把大提琴从琴匣里拖了出来，“听着”。

音乐缓缓地响起了。索菲打了个哆嗦，她从来没有喜欢过《安魂曲》。老人一声不吭地加快了节奏。旋律越来越快，先是行进的速度，接着就奔跑了起来，到最后听起来既欢闹又哀伤。索菲想要跟着节奏拍手，可是那个节奏太难跟上了，它就是那种让人拼命蹬腿、飞速旋转的音乐。“像一场暴风雨。这就是暴风雨演奏的音乐。”她轻声对查尔斯说。

“没错。”查尔斯说。对方无意中听到了他们的谈话，就结束了演奏。“没错，完全正确，说得对！完全是这样的！”

很快——对索菲来说太快了——那个老人就放下了琴弓。“就是这样。我觉得她比我拉得更快。”

助手说：“可是她拉得没有埃斯泰乌勒先生那么优雅。她把弓子拉得太急了。年轻人都很愚蠢，太看重速度了。”

查尔斯的一条眉毛挑了挑。眉毛也可以变得很有威力，里尔先生的怒气看上去平息了。“我承认我从没听到有人能像那个姑娘拉得那么快。”他说。

“薇薇安，”索菲说，她说得很小声，“她叫薇薇安。”

“是的，薇薇安。”埃斯泰乌勒先生说，“我想现在我记得很清楚了。她非常不一般。老天，那速度！以前我还以为那种速度根本不可能有人拉得出。”

“可是那种拉法并不合适。我可不佩服她。”助手说。

“我佩服，”埃斯泰乌勒先生说，“我佩服。我从来不会轻易佩服什么人。”

索菲任由查尔斯向对方道谢、告别，她一句话也说不出来了。她得把那首曲子记在脑子里。索菲的脑袋里有一个小角落——似乎靠近前面、左边一点儿的位置——她就把音乐保存在那里，现在她就把这首曲子保存在那里了。

第 十 章

chapter ten

勇士相

有了名字一切就都不一样了。查尔斯预约第二天就去警察局档案室。他用工整的大写字母填好了申请表。

“Nom du disparu,”他说,“这是‘失踪人口姓名’的意思,薇薇安·沃特。”接着他迟疑了,“这里写着‘申请人姓名’。”

“指的是咱们吗？咱们应该怎么写？”索菲问,“咱们要撒谎吗？咱们不会写上自己的真实姓名吧,对不对？”

“当然不会。可是即使这样还是很困难的。”他说,“亲爱的,严格说来咱们现在是在逃亡。事实上,我觉得或许你最好还是待在旅馆里。”

“可是,咱们就不能写上假名字吗？”

“可以,当然可以。可是这会儿伦敦那边可能已经给附近的各个港口发过电报了。会发出逃亡者相貌特征通告的。”

“可是你说过得过上好几天啊。”

“我说的是我希望如此。这会儿你要是还待在家里我会开心得多。”

“可是为什么是我，不是你呢？”

“我没什么特点啊，亲爱的。你可是令人过目不忘的。我担心——请原谅我这么说——你太引人注目了，太容易描述了。我指的是头发，你明白的。”

索菲认真地考虑了一下。她想到查尔斯外出的时候自己待在阁楼房间里的情形，这个令她感到一阵恶心。“不。我必须一起去。”

“你确定？”

“我不想说什么了。我就是得去。”

查尔斯有些迟疑。“你有裙子吗？”

“有。至少有一条连衣裙。”

“有帽子吗？或者能遮住头发的东西？”

“有的。艾略特小姐给过我。尽管那顶帽子把我弄得像只贵妇犬。”

“太好了。警方的相貌特征通告可不会提到贵妇犬。戴上那顶帽子吧。”

第二天早上，索菲一大早就起床了。她迅速穿戴好——

更确切地说是她竭力做到这样。这个早上呼吸都变得不容易了，似乎她的胸膛里装的希望太多了，都容不下空气了。

警察总署是一座大楼。索菲心想这里也太大了，太冰冷了。不过接待员倒是长着一张温柔可亲的脸，在等候的时候查尔斯把自己的薄荷糖递给她，对方显得有些惊讶，接着咧嘴笑了笑，拿了三颗糖。索菲没有拿，薄荷糖硬得难以让她直接吞下去。查尔斯和那个女孩用法语说说笑笑，他们的笑声在大理石门厅里响亮地回荡着。索菲真希望他们不要这样，大家都在盯着他们呢。她挪远了一点儿，假装看着墙上的法文布告。

接待员正在看着她。那个女孩扯了扯查尔斯的上衣翻领，查尔斯彬彬有礼地把脑袋凑了过去，对方冲着查尔斯的耳朵小声说着什么，然后又看了看索菲，又笑了起来。索菲板着脸，感到很尴尬。就在回荡的笑声几乎就要消失的时候办事员出现了，女孩低下了头，开始整理一些文件。

“请快点儿过来。”他说。他讲着一口字正腔圆的英语，“我只能挤出十分钟的时间。你，布丽奇特，你不应当在办公时间大笑。”

办事员有办法在开口说话之前先把牙齿润湿。索菲心想，真像一只癞蛤蟆在吃苍蝇。索菲竭力让自己显得不那么紧张。她的上嘴唇冒着汗，她躲到了查尔斯的身后，把汗水舔掉了。

地板上铺着大理石，在他们跟着办事员顺着走廊往里走的时候，索菲的靴子啪嗒啪嗒地敲打着地板。她努力踮着脚走路，可是这样一来她就落后了半条走廊的距离。办事员转过身，沮丧地叹了口气。

索菲羞红了脸。“对不起！我不是故意的！只是……我的鞋是新的。”

查尔斯也转过了身，走了回来，牵起索菲的手。“不用道歉。你的鞋非常好，你听起来就像是在跳踢踏舞。”

办事员转过了身。索菲把查尔斯向下拽低，这样她就能跟查尔斯说悄悄话了。“那位秘书说了什么？”

“说了很多，其中她提到你非常漂亮。我跟她讲了一点儿你的事情，她说你长着一副勇士相。”

“哦！所以她就笑了？”

“她不是在笑你。不管怎么说，这个地方需要一点儿笑声，对不对？”

“就是！这里活像一座监狱。”索菲紧紧地抓着查尔斯，“就像是他们已经把一切重要的东西都忘掉了，是不是？我是说，忘掉了猫和跳舞这些事情的存在。”

“我明白的。就是这样。就让咱们在走廊里弄出点儿动静吧，好不好啊？咱们跺跺脚吧？”

“好的！”索菲说，她告诉自己要勇敢一点——你可长着一副勇士相。

她挺直了脊背，在走廊里跺起了脚。又瘦又高的查尔斯试着跳起了两步舞，他看上去就像是一匹努力爬上梯子的马。索菲立刻觉得心情好多了，她高高地蹦了起来，脚踝啪嗒啪嗒地撞在一起。查尔斯用空着的手拍着自己的大腿。办事员毫不掩饰地叹了口气，他的刘海就像海藻一样朝上波动。索菲在他的背后吐了吐舌头。

办事员在一个房间的门外停下了脚步，房间里摆着一张大大的棕色办公桌。

“这里就是我们的问讯室。刚刚重新装修完，先生，所以请不要让您的女儿碰任何东西。”办事员说。房间的墙壁上挂着一幅幅男人的照片，那些男人看上去穿的衣服都太紧了。其中有一个人，从他脸上的神情来判断，似乎是在放屁。

“真……干净。”索菲说。她扯了扯帽子，好让帽子更严实地盖住自己的头发。她心想，这里就好像他们有意把所有的东西都涂成了阴森森的颜色，就连枝形大吊灯看起来都那么压抑。

“史密斯先生，您进去吧，这个小姑娘——”办事员冲着摆在走廊里的一排椅子示意了一下，“这个小姑娘在外面等着。”

“什么？不！查尔斯，求求你了！求求你了！”索菲说。

“先生，多谢您了，”查尔斯面不改色，小心谨慎，“不过，这个‘小姑娘’跟我们一起来，要是她愿意的话。”

“我愿意待在这里。”索菲说道。突然她想起自己不应该吭声，于是她将嘴巴紧紧地闭了起来，瞪着办事员。

“那么，请坐吧。”办事员的个子不高，鼻子才到查尔斯的锁骨那里。他又重重地叹了口气，把查尔斯的领带都吹皱了。“时间不会太长。”

索菲瞟了一眼查尔斯。“为什么？情况不妙，是不是？”她轻声说。

查尔斯冲她微微地摇了摇头，嘴唇做出“亲爱的宝贝儿，安静”的口型。索菲又闭上了嘴巴。

办事员说：“恐怕在开始之前我得跟你们说一声，我们并不欢迎这样的申请。”

“哦？”查尔斯说。索菲仍旧盯着查尔斯。他面无表情，就像一堵砖墙，“处理这种申请肯定是您的分内工作吧？”

“的确是工作中很小的一部分，这没错。但是，如果您都没有接触过，甚至都没见过想要查询的这个失踪人员的话，那申请寻找这个失踪人员似乎就太荒谬了。”办事员说。

“是吗？这说法太有趣了。”查尔斯说。

“请原谅我得说这样的查询到头来只是在浪费时间，令人失望。十有八九是这样。”

“我明白。那么剩下的十分之一呢？”查尔斯说。

“实际上我应该说一千次里有九百九十九次是这样。”

“的确如此。那么第一千次呢？”

“先生，您这次也不会例外。我不相信世上真有这样一个女人。”

“世上有成千上万的事情我们原本不相信，到最后都成了真。人不应当无视哪怕一点点可能性。”查尔斯说。

“先生，这件事情绝无可能。您向我们打听一个女人，可是您既不知道她的出生地，不知道她的出生日期，也不知道她的职业。”

索菲说：“她是一位音乐家。你跟他说了吧，是不是，查尔斯？”

“请您原谅，史密斯小姐，但是女人是不能成为音乐家的。事实上，我们的记录中的确有一个名叫薇薇安·沃特的女人，只是……”

“你们真的有吗？”索菲坐得像箭一样直，“她在哪儿？”办事员没有理会索菲。“记录上是怎么写的？”

查尔斯重复了一遍索菲的问题：“记录上是怎么写的？”

“要是您说的是真的话，那就不可能是同一个女人。她不是音乐家。她似乎惹上了一起小官司。”

“什么样的官司？”索菲问。

“唔，擅自闯入别人家，无所事事地游荡，跟流浪汉和无业游民有关系。总之，她十三年前就消失不见了，突然间就没有了医疗记录，也没有银行记录。她这种女人经常消失。记录里没有提到孩子。记录里也绝对没有乘坐过‘玛丽皇后’号的信息。”

“想来我们可以看一看‘玛丽皇后’号的记录？”查尔斯说。

这个问题很简单，可是那个男人的表情立刻就凝固了。他的嘴角向下拧了拧。“您有什么理由吗，先生？”

“我们当然有了！”索菲嚷嚷道，“我是……”她收住了嘴。

“是什么？”

索菲说：“没什么。”当然喽，她是史密斯小姐，跟索菲·马克西姆毫无关系。“对不起，没什么。”她咕哝了一声。

办事员又不理睬她了。查尔斯说：“我认为对于绝大多数事情来说，好奇就是一个不错的理由。您有什么理由不给我们看吗？”

“有啊。”办事员说。索菲看到他的眼睛飞快地扫了一下档案柜，然后就把视线收了回来。“或者说，说不好，也就是说，我相信记录应该已经随着船一起沉没了。这样的寻找可不在我的职责范围内。”他的声音变得尖利起来，“先生，文书工作可是一项复杂的工作！恐怕我帮不了您。不行。”

“既然这样，那您可以把我的申请提交给……”

“咖啡！”那个男人突然喊了一声，他按了铃，“走之前给你们叫两杯咖啡吧？”

“多谢您，不用了。我更想商量一下……”查尔斯说。

“你们一定要来两杯！”办事员的眼睛显得有些惊慌失措，“法国咖啡可是全世界最好的咖啡。”接待员推着一架银色的小推车走了进来。她冲着索菲挤了挤眼睛。“布丽奇特，放下就走吧。”办事员说，“好啦，刚才咱们说什么来着？”

索菲喝了一口，她想咽下去，可是她发现自己的嗓子失灵了。她把咖啡吐了出来，非常小声地吐回到杯子里。有一点咖啡溅在了她的白色上衣上。办事员猛地朝后缩了缩。

“对不起，太烫了。”索菲含糊地说道。

办事员转过身，保持坐姿的情况下尽可能地背对着索菲。他的那副样子看起来很痛苦。“好啦，先生，刚才咱们说什么来着？”他又问了一遍。

“您说没法帮我们找到‘玛丽皇后’号的记录。我请您把我们的申请书转交给对这件事情的看法不太一样的人。”

趁着倒咖啡的工夫，那个男人把思路整理了一下。他又打湿了自己的青蛙嘴。“恐怕我办不到。这件事情绝对不可能。照章办事而已。”

查尔斯点了点头，说：“我明白了。”他表现得极其客气。“索菲，你能先出去一小会儿吗？”

“噢！为什么？因为我吐掉了咖啡？求求你了，不要……”

“不是的，不是因为你吐掉了咖啡。但你确实得出去一下。”查尔斯和蔼地说道。

索菲看着查尔斯的脸，一声不吭地站起了身。

“我就在门外。”她说，然后就把门关上了。

在问询室门外，索菲一屁股跌坐在地上，她紧紧地抓着自己的脚踝。走廊感觉比之前更冰冷，更阴暗了。索菲攥着拳头，瞪着天花板。她轻轻地冲着自己的膝盖说着话："拜托了……拜托了。我需要她。"她的心狂跳着，"我就只需要这么点儿。只想找到她而已。"

有声音从房间里传了出来，索菲摇晃着身体，把耳朵贴在了锁孔上。金属锁孔很冰冷，她的脸不自主地扭了一下，不过锁孔很大，她听得一清二楚。

办事员说"……简直荒唐。一个孩子的想象——一个小女孩——"

接着就冒出了查尔斯的声音。"您低估了孩子，您低估了女孩子。先生，我需要跟你们署长预约一下。"

"而您呢，先生，高估了您自己的地位。我没法让您同署长见面。"

"明白了。"对话出现了停顿。索菲屏住了呼吸。"接待台的姑娘很迷人，是不是？她非常乐意帮忙。"

"我没有看出来她和这件事情有什么关系。"

"她跟我提到您在记账方面非常富有创意。您对数字的理解真的非常……独特。您自己的银行账户似乎出现得过于频繁。"

这时传来一阵噼哩啪啦的响声。索菲觉得应该是办事员的咖啡又登场了。

查尔斯的声音说："我不希望做任何卑鄙的事情，但是我觉得跟警察署长预约符合你我双方的利益。"

“你这是在勒索。”

“的确如此。”查尔斯说。

“勒索可是重罪。”

查尔斯说：“完全正确。”

办事员的声音听起来就像石头一样僵硬、冰冷。“那个姑娘值得吗？值得你犯下重罪？”

“值得。她聪明得足以引燃一场森林大火。”查尔斯沉着地说。

“她似乎相当普通嘛。”办事员说。蹲在门外的索菲十分恼火。

“在你了解人们之前，人们常常显得很普通。”查尔斯说，“索菲天生就独具聪颖和果敢，以及，此刻些许的咖啡污渍。事实上，说到这儿——”椅子刮着地板，发出一声刺耳的声音。门被打开之前，索菲刚好来得及踉踉跄跄地后退了两步。

“索菲，进来吧。这位先生有个好消息。”

办事员的面色比刚才更白了。他的鼻孔在翕动着。“我可以约一下警察署长。他或许能帮到你们。”他说。

“多谢您了。您真是太好了。明天吗？”查尔斯说。

“明天不可能。事实上，这个星期他都非常忙——我不确定他能不能——”

查尔斯站了起来，直挺挺地站着，高出办事员好大一截。他的眉毛拧成了一副凶神恶煞的样子。“那么就后天吧。多谢您了。我们中午过来。走吧，索菲。”

在这一天里索菲第二次把查尔斯向下拽了拽，趴在他的耳朵边说着悄悄话：“我还没喝完咖啡呢。我必须喝完吗？”

“不用。我想我把我的也剩下了。这个咖啡有一股清洗过的地毯的味道。”查尔斯说。

索菲说：“太好了。实际上我觉得喝起来就像是烧着的头发。”她又朝杯子里吐了一口。

第 十 一 章

chapter eleven

打着旋的夜风

巴黎的夜晚比他们在伦敦的夜晚要安静。索菲睡不着，只要一躺下来，月光就洒在了床上，亮得都能让人借着月光看书了。可是索菲盯着书，一个字都没有看进去。

她很害怕。她告诉自己没有理由担心，可是她的脉搏跳得越来越快，到最后她都没法呼吸了。索菲努力去想查尔斯，他那么善良，那么像《指环王》里的精灵国王贝赖格。接着她又努力地去想母亲，或许这会儿她就在几条街之外的地方。可是无论想到谁都无济于事，实际上她唯一想到的就只有自己被抓，随之而来的恐惧，以及艾略特小姐的脸上会出现怎样扭曲的笑容。

索菲听到旅馆的其他房间都已经悄无声息了，她却在床上翻来覆去，到最后床单和毯子全都堆在了地上，可是她怎么都无法入睡。

最终，她从床上爬了起来，凑近了天窗。她和查尔斯忘记买油了。她使劲儿地扯了扯窗户上的卡扣，可是毫无动静。合页锈住了，表面的油漆都开裂了。

她突然想到一个主意。她轻轻地说了一声“没错”！

索菲三步并作两步地跑下楼，在餐厅门外等了一会儿，听着门里的动静。听上去里面没有人，她一头扎了进去，抓起放在最近的桌子上的那瓶橄榄油，就在角落里的老鼠刚刚眨了一下眼睛的工夫她就退出了餐厅。

回到房间，索菲把橄榄油倒在巴掌大的一块报纸上，轻轻地把油敷在了合页上。过了几分钟，合页还是毫无动静，报纸却已经烂得一塌糊涂，粘在她的两只手上。她需要更结实一些的东西。

“布，我需要布。”索菲轻声说道。没准枕套能行？可是这么做的话旅馆应该有很大的意见。她又灵机一动，把自己穿的羊毛袜子从脚上扯下来一只，像手套一样戴在了手上，然后把半瓶油倒在了袜子上。

索菲咬着舌头狠命地擦着合页。生锈的残渣开始脱落了，下面是闪亮的黄铜。索菲的心莫名其妙地怦怦跳了起来。刚把合页擦光滑，她就拉起了插销。插销很死，不过索菲指头上的橄榄油很管用。她拼命地推了推窗户。毫无动静。她推得更使劲儿了。窗户嘎吱嘎吱地发出愤怒的声响，仍旧紧闭着。

索菲咒骂着，一屁股坐在了地板上。她告诉自己没有理由这么沮丧，只是一扇窗户而已，或许本来就打不开。她发现自己无缘无故地在跟落泪之前先会在鼻子后面冒出来的那种刺痛感抗争着。

她对自己说："镇定。你现在太蠢了。想一想。"她从地上爬了起来。就在站起来的时候，她把床头柜上的什么东西给撞掉了。是火车站那个女人给她的切尔西果酱面包。"噢！"索菲亚轻轻地说了一声。

面包表面的一圈已经不新鲜了，不过里面仍旧又甜又粘。不到一分钟她就把面包吃完了。

她舔了舔手指（随即她就后悔了，糖和橄榄油混在一起的味道可真恶心），挣扎着站了起来。她往手上吐了点儿唾沫，用尽全身的力气去推窗框的四角。她猛地一推，随着天窗突然吱嘎一声打开，她向后跳去。

"太棒了！"索菲说。她想都没想就爬了上去。她将一只膝盖抵在窗台上，一只脚踩在床架上，单脚跳了起来。她的两只手胡乱扑腾着，试图在外面的屋顶上找到一处能抓住的地方。随着一声痛苦的咕哝和一个翻滚，她来到了屋顶。

索菲膝盖着地趴在屋顶上，等着呼吸慢下来。她的一只膝盖汩汩地冒着血，趁着稳住身体的工夫她处理了膝盖上的伤，用剩下的那只袜子把伤口扎住了。

好大一片屋顶啊，平坦、光滑，灰蒙蒙的，满是鸽子粪。

屋顶上面矗立着一根烟囱、一杆风向标，到处都覆盖着一层黑乎乎的烟灰。索菲心想这个屋顶应该是方圆几英里内的一个制高点。一只鸽子望着索菲，她冲鸽子做了一个鬼脸。鸽子傲慢地看了看她，然后转过了身子。

索菲爬到屋顶边缘，向外望出去，望着城市的另一头。巴黎就在她的脚下，整座城市都染上了午夜时分深深浅浅的蓝色。这座城市就是大街小巷和一座座广场交叉构成的。在月光下，索菲看见了一个个鲜艳的商店遮阳篷，从上面看它们都脏得惊人。还看到两位过路的穿戴整洁的先生头上戴的帽子，帽子顶上带着一圈圈的同心圆图案。索菲心想从屋顶上看下去高顶礼帽显得没有那么愚蠢了。她觉得俯视下的巴黎的大街小巷就像是一条条小河，河水在月光下变幻莫测。风飘移不定，湿漉漉的马饲料的气息扑面而来。

索菲把身子向外探得更远了一点儿，看着正下方。这真是一个失误。她轻声咒骂了一句，心猛地沉了下去。她发现自己退得非常迅速，为了图个安心，她用指甲紧紧地抠着烟囱的砖缝。她还从来没有到过这么高的地方，从来没有。月亮看上去近得仿佛扔一颗小石子就能砸中它了。

索菲脱掉睡衣，只穿着内裤和背心站在那里。她原地旋转了起来，最终巴黎的夜空也跟她一起旋转了起来。风刮得更起劲儿了，一股强烈的幸福感从她的胸膛涌了上来，一直升到了她的头部。索菲甩开双臂，一边绕着烟囱跳起了战舞，一边欢呼着，悄无声息地欢呼着。

索菲想要彻夜地跳下去，可是就在两点的钟声敲响之后她感到了寒意，膝盖又冒出了血。她用树叶擦干净了流血最严重的地方，把伤口上的袜子扎得更紧了，然后从天窗回到了房间里。

就在她把视线落在房间里的时候，她觉得自己看到有什么东西在对面的屋顶上移动着。可是，她清楚夜晚的阴影会让眼睛不那么好使，有可能那只是一只大鸟，或者只是一缕打着旋的夜风。

第 十 二 章

chapter twelve

离我的屋顶远一点

索菲没睡多长时间。就在梦刚做到一半的时候，突然传来一阵猛烈的撞击声和脚步声。她猛地醒了过来。她趴在床上，她的尖叫声被枕头闷住了。尽管如此，在黑暗中她还是非常清晰地听到了一个声音。

“不要哭成这个样子。你会把整个旅馆都给吵醒的。”

梳妆台倒在地上，就在一个破了的杯子旁。地毯上到处都是泥巴和烟灰。一个男孩站在她的床头。

男孩说：“停下。别哭了！不要哭了！停下，索菲！”

在索菲看来她并没有哭喊，她只是在抽泣，在眼前这种情况下抽泣似乎情有可原。她撩开了遮在眼睛上的头发。

“你是谁？”她一把抓起一本书，将书挡在胸口。要是他试图来捅她的话，书就会派上用场。“我要喊了啊！”

“别，别喊。”

“凭什么不喊？我就要喊。”房间里太黑了，她看不清男孩的模样。索菲心想，他比我大不了多少。他长着两条大长腿，一脸的严肃和警觉，就像一头野兽。他看起来不像杀人犯。索菲的呼吸有些从容了。

“因为我不爱听喊叫声。”

“你想干什么？”

“我想跟你谈一谈，索菲。”

“你怎么知道我的名字？你在这儿干什么？”

“我在街上听到那个男人叫你的名字了。那个大高个。你管他叫查尔斯的那个人。我叫马蒂奥。”男孩想到了这点，补充了一句。

“你在监视我们？”

男孩抠了抠鼻子：“没错。你们并没什么特别的。我监视所有人。”

“要是我喊警察呢？那会怎样？”

男孩耸了耸肩。“你不会的。不过要是你喊了，不到……”他瞟了一眼天窗，不慌不忙地估算了一下，“六秒钟的时间我就不见了。”

“要是我拦住你，你就跑不掉了。”

男孩又耸了耸肩。“那你就试试看。”

“你在这里干什么？”索菲坐了起来。她心想，稳住。真庆幸自己的房间那么小，要是他企图对她出击的话，那她跑上三步就可以冲出房间了。

“我是从屋顶上下来的。”

“没错，看得出来！”之前从天窗爬进来的时候，索菲没有把窗户敞得那么大，而且他还带进来至少二十多只鸽子才拉得出的粪便，“可是为什么呢？你干吗不从门外进来？”

“你没锁门吗？那样很危险。你得把门锁好。”

“没错，我的确锁上了——这样别人就进不来了。”

男孩又耸了耸肩。在黑暗中很难看清楚他的表情，不过他应该在冲着她笑。但不是友善的笑。

索菲说：“当初你是怎么爬到屋顶上去的？我想，上去的唯一通道就是我的天窗。”

“你以为只有一条路通到屋顶上？你真的这么以为？”

“你笑什么？”

“通往任何一个屋顶的路都有好几百条。我就能顺着排水管爬上来。”

“真的？那我就应该听到你的动静，对吧？”

“可能吧。”

“那么你究竟是怎么爬上来的？”

“跳过来的。从隔壁的屋顶。”

“跳过来的？”索菲想要让自己看起来显得有些随意，“不危险吗？”她感到自己那张随意的脸有些僵硬。

“不危险。我不知道，或许吧。大多数事情都有危险。你的眼皮在跳呢。”

“是吗？”索菲放弃了随意的面孔，“哦。”

“是的。无所谓了。”男孩看着索菲，他的眼睛黑黝黝的，看起来很不友好，“我是来告诉你离我的屋顶远点儿。”

索菲哑口无言。她原本多少有些把握他会要钱，要不就打算偷走她的大提琴。可是现在她太震惊了，都忘了害怕了。“这不是你的屋顶！怎么可能是你的呢？”她说。

“塞纳河跟火车站之间的所有屋顶都归我。我没有允许你上去。”

“可是……屋顶不属于任何人。它们就像空气，还有水。它们不是任何人的。”

“不是任何人的。它们都是我的。”

“凭什么？凭什么是你的？”

“就是我的。我最了解它们了。”

索菲的脸看上去一定就像她内心感觉到的那样充满怀疑，因为男孩蹙起了眉头。

“最了解！来年秋天哪些烟囱顶帽会掉，长在屋檐排水槽里的蘑菇哪些能吃，我知道得一清二楚。我敢打赌你都不知道长在排水槽里的蘑菇还能吃。”他说。索菲压根儿不知道还有这种蘑菇，所以她没有接话。

“还有，我地盘上的每一只鸟的窝我都知道。”男孩说。

“这也不能让屋顶就归了你。”

“它们属于我,其他任何人都比不上我。我就住在屋顶上。”

“不，不会的。没有人会住在房子上面。你应该住在房子里面。”

“你在胡说些什么啊。”男孩怒气冲冲地瞪着索菲。他狠狠地砸着墙，他的手在墙上留下了一个煤灰印子。他右手食指没有指尖。“听着，这太气人了。我不想伤害你，但是你得离屋顶远点儿，否则我就要……”

“就要怎么？”

“就要伤害你了。”男孩说，他一副卖面包的男人那样一本正经的样子。

“可是为什么呢？你在说什么啊？”

“你太不小心了，你会暴露我的。你拥有大街，尽管去用那些大街吧。”

窗外，遮挡月光的云朵飘走了，房间里立刻充满了夜晚的亮光。男孩的脸晒得黝黑（索菲心想也有可能是泥垢)，那张脸看上去就像是由一堆尖角和一双眼睛组成。

“我不可能不去屋顶。我需要屋顶。”索菲说。

“为什么？”

“我……很难解释得清楚。屋顶让人感到放心。”索菲说。说这话的时候她的脸涨得通红。男孩哼了一声。“我是说屋顶让人感觉很重要。”

男孩说："那又怎么了？那又如何？"

"我觉得我以前来过这里。我想屋顶或许能给我一些线索。"索菲说。她希望男孩的心能软下来，这就是你要做的：屈服。屈服就是礼貌。

可是男孩只是瞪着她，板着一张脸。"不。屋顶不是线索，它们是我的。你会暴露我的。你的手脚太慢了。你一慢，别人就会看到你。"

"我不慢。"

男孩看着索菲的双手，还有她的两只脚。"你太容易受伤了。你看起来太弱了。"

"我不弱。看哪！不，别走——看哪。"索菲伸出左手，掌心向上。大提琴的琴弦让她的手指尖结满了茧子。"这些指头在你看来弱吗？"

"是的，弱啊。"

索菲恨不得尖叫起来。

男孩又说："而且你还那么吵闹。"

"你怎么知道？你又不认识我。"这个男孩在月光下闯入了她的房间，又开始侮辱她对自己音量的控制，这似乎也太过分了。

"所有走人行道的人都吵得很。你会暴露我的。要不然你就会跌下去，然后大家就会过来找一圈，然后就发现我们所有人了。我的意思是他们就发现我了。不，你不能再上去了。"

“你拦不住我。”

男孩叹了口气。他说：“好吧！只是，待在你自己的屋顶上就行了。不要到边上去。压低身子。日出之后不要待在外面，要不然别人就会看到你了。不要吵闹，要不然我就会听到，然后我就过来，趁你睡着的时候把你的头发给剪掉。”那副口气就像是有人用绳子扎住了他的一肚子火气似的。

“可是我做不到。不行！真的不行。我必须到处看看。我得找到更多的线索。就不能……”索菲说，她迟疑了一下，“就不能让我跟着你吗？”

男孩看着索菲的眼神就像冰一样寒冷，眼中冒着怒火。“好吧！要是你能跟上我的话。”

男孩说过他在六秒钟之内就会消失，他没有撒谎。他紧紧地抓住窗框，蜷起身子，在索菲还没数到五的时候他就蹦了出去。他整个人就像是用弹簧和皮子做成的。

索菲跟了上去，只是有些手忙脚乱，还流了一点儿血。她的腿很长，速度也不慢，可是当她手脚并用地爬上了屋顶石板的时候，那个男孩已经走过了四个屋顶。他跑得很轻快，也很独特。至少索菲觉得那就是他，她只看得到一个黑影，而且还和掠过月亮的云朵落下的阴影混在一起。

索菲跟在男孩的身后。夜晚已经变得潮湿，她有时候突然就会踩到一片滑溜溜的石板。索菲不敢追得太快，她慢慢地跑着，她也只敢保持这个速度。就这样她越过了自己的屋顶，又越过了下一个屋顶。

在屋顶跑步不像在其他地方跑步。索菲竭力压低脑袋，佝偻着身子。在栏杆和烟囱帽上冒出一个脑袋可是没法解释的。这会儿，她的胳膊和指头似乎比平日长了一些，变得碍手碍脚的。

索菲停下了脚步，大口地喘着粗气。风刮得更猛烈了，她紧紧地抱着一个烟囱帽。下面的一座座大钟敲响了凌晨四点的钟声，巴黎醒过来了。巴黎的声音就像是一百个秘密在嗡嗡作响，索菲心想就像是一打占卜师在轻声咕哝着。

可是，哪里都看不到那个男孩。男孩消失了。

第 十 三 章

chapter thirteen

天下的母亲都属于屋顶

第二天晚上，索菲开始训练了。

这辈子她还从来没有这么拼命过。她做了仰卧起坐，在门框上做了引体向上。她还闭着眼睛单脚站着，训练自己的平衡感。第一次她站了七秒钟，到了第一百次的时候她已经能站一分四十二秒了。她光着脚在屋顶上跑来跑去，轻声地唱着歌，以排遣疼痛感。

到了大约凌晨一点钟的时候，她突然地识到是什么让马蒂奥跑动的身影看起来那么独特了——先着地的是脚尖，而不是脚后跟。她发现这种步伐将身体重心转移到了膝盖周围。这个发现就如同热水一样，又像是一道解完的数学题。

到了凌晨两点，男孩出现了。他就在前方两个屋顶的地方，蹲在烟囱帽的后面。索菲看见了他，不过她觉得对方没有意识到自己被发现了。

索菲大声喊了起来："我看见你了！我不会屈服的！"她打了一个侧手翻。这可是在巴黎的屋顶上翻出的最桀骜不驯的侧手翻。

索菲在原地旋转了起来，她既感到紧张，又感到自己很坚强。她心想其实自己的肌肉没有变得更结实，要想变得结实应该得花上好几个月的时间。更有可能是因为她现在需要它们，于是它们就为她苏醒了过来。它们感到自己就像猫的肌肉一样：更多的拉伸，更加蓄势待发。索菲觉得肌肉的确是值得拥有的东西，它们的存在让世界更容易触手可及。

屋顶上的风很猛烈，烟囱灰吹到了索菲的眼睛里。她用小树枝把头发在后脑勺上扎了起来。屋顶上夜色更黑，浓重而寂静。下面的街道则黑得无聊而平淡，就像黑板一样。屋顶上却让人觉得满是看不见的小鸟和城市的耳语声。这里的气味也不一样。索菲估计在大街上自己只能闻到几米之内的气味，可是在屋顶上，巴黎所有的蛋糕店和宠物店的气味都混杂成了一种浓郁、特别又美好的气味。

在屋顶上，月亮看起来有平时的两倍大，三倍漂亮。屋顶上的月亮很值得你花时间看一看。

索菲想象着自己的妈妈在屋顶上，身处在群星之间。天下的母亲都属于屋顶。

索菲走到了隔壁的屋顶，然后又跳过了三英尺的空隙，来到了下一个屋顶。接着她又一连跑过了三个屋顶。她高喊着:“马蒂奥!我知道你听得见。我不会放弃的!我要继续找下去!”说完她又试探性地,感觉傻傻的,冲着深夜喊道:“伙伴们?朋友们?”她觉得自己有些傻乎乎的。

就在她脚下的某个地方,一匹马咴儿咴儿地叫了起来,听上去那匹马似乎在哈哈大笑。

回来的时候,索菲完全是在奔跑,不是在慢跑。她的心跳得那么快,快得轻轻撞着肋骨。风狠狠地扯着她的衣服和头发,可是她跑得很稳当。她想天堂的感觉一定就是这样的。她就像乌鸦一样自信,她想,不管人们怎么说乌鸦的坏话,乌鸦们的确看起来很清楚自己在做什么。

第 十 四 章

chapter fourteen

绝不忽视任何一种可能

索菲用迎战的姿态做好了同警察署长见面的准备。她用凉水洗了脸，用唾沫捋顺了眉毛，还在手腕和脖子上擦了一点薰衣草香水。她对着镜子练了练如何摆出一副天真无辜的表情。她还用唾沫擦亮了皮鞋，把袜子上的橄榄油和鸟粪都洗掉了。

她和查尔斯在旅馆门口会合了。查尔斯说：“你看上去就像是要在教堂唱诗班里担任独唱似的。”

“是吗？”她把辫梢打上结，然后把辫子塞进了帽子。“我就希望这样。”

“的确是这样的。你看上去就像是至少拥有一匹小马似的，一点儿都不像你自己了。干得漂亮！”

穿过一条条街道时，索菲感到自己在用一种新的挑剔的目光打量着巴黎。她仰着脑袋，几乎是下意识地审视着一个又一个屋顶。那个屋顶太陡了，那个太低了，那个很完美，只是上面的排水管看起来太不结实了。

接近警察总署大楼的时候，索菲心想这幢楼就外表看来太适合攀爬了。屋顶平平的，排水管的铁板很厚实。走进大楼的时候索菲紧张了起来，她想待在屋顶上，而不是大楼里。

同警察署长的会面被安排在一间天花板很高的房间里，里面摆着高大的家具，似乎它们的存在是故意为了让索菲感到自己很渺小。一名警卫笔挺地站在门口。

很快情况就一目了然了，这次会面更像是一场伏击，而不是一次会面。

警察署长没有站起来跟他们打招呼，他只是冲着两把椅子摆了摆手。“你们好。日安。”说英语的时候他的法国口音很重，听上去“小胡子”的味道太重了。

“请坐，马克西姆先生，马克西姆小姐。”

坐下后，索菲才意识到警察署长说的是什么。对方的话击中了她，她蹦了起来，朝门口跳了过去。“查尔斯！快跑！”她喊道。

查尔斯没有动，他站在房间正中央，手里抓着雨伞。他的脸很僵硬，活像是一名士兵。索菲站在门口，手里抓着门把手。

警察署长露出了笑容。“我可以说‘欢迎来到巴黎’，不过这并不是我的意思。”

“怎么？您要逮捕我？”查尔斯说。

“不。我打算给你一个选择。坐下吧。”

“什么选择？”查尔斯说。他仍旧站着。

“请坐。您在白白浪费一把上好的椅子。”

索菲待在了原地。查尔斯坐下了。“是什么样的选择？”

“非常简单。要是你不放弃这么幼稚的搜寻，离开这个国家，那我就把你扔到牢房里去。”警察署长的鼻孔张开了，仿佛一想到把他们关进监狱就很开心。

“明白了。好吧，您的直率令人钦佩。我能问一下吗，您为什么还不逮捕我呢？”

“我认为我们都不想惹乱子，如果可能的话。不是吗？”

“不，我更愿意惹乱子。我得找到她。”索菲说。

“小丫头，”警察署长把目光转向了索菲，房间里所有值钱的东西似乎都堆在他的身后，“听我说，听我说。‘玛丽皇后’号失事了。没有幸存的女性。乘客名单、地址、船员的工资表、保险，统统跟船一起消失了。我可不希望进行这样的一场调查。你也不希望进孤儿院。咱们休戚相关，不是吗？”

索菲悄悄地说：“我恨你……恨你。”

“我给你们一天的时间，好让你们订返程票。我建议你们从迪耶普港乘船回英国。每年到了这个时候，这个港口都非常不错。”

查尔斯鞠了一躬。“您应该注意到，受我监护的这位年轻人到现在为止还没有冲您吐口水。我佩服她能如此克制自己。”怒火攻心的那一刻，索菲以为查尔斯自己会冲警察署长吐口水——他仰起头，摆出吐口水的姿势。结果他只是抓起她的手，领着她走出了房间。

他们在走廊里走了一百米，这才终于摆脱了那名警卫的视线。查尔斯压低声音咒骂了几句，然后拔腿就跑了起来。索菲只能勉强跟上他的脚步。帽子掉了，她也只能任由它去。他们飞奔出警察总署的大门，从目瞪口呆的门卫身前跑了过去，来到了阳光下。

“我一秒钟也待不下去了，他在撒谎。”查尔斯说。

“没错！他的鼻孔张开了。”

“你也看见了。张得那么开，都装得下一艘平底船了。”

“可是我不明白。”索菲停下了脚步，靠在路灯的灯柱上，“他干吗这么在乎这件事情？你觉得他跟这件事情有关系么？跟船的事情有关系么？”

“可能跟船没有关系，不过我倒是觉得他或许扣下了船上的记录。”

“为什么？你指的是什么？他们干吗要隐瞒？”

“十年前欧洲出了一桩丑闻，一连串的沉船事故。一场保险骗局：有些年头的老船都得拿到安全证明，要是沉没了，公司就能索赔了。幸存者听到的是相互矛盾的说法，真相被弄得模糊不清。记录不是被烧掉，就是被藏了起来，这样一来就没有人能查看当初给那些船出具证明的是什么人。这样的事故总共出了八起，之后才有人被抓了起来。”

“可是……死人了吗？”

“好几百人。要是这些人没死的话，骗局看起来就太可疑了。”

“太恶心了！这种事情就不是人干的！”

“我知道，亲爱的。金钱可以让人失去人性。亲爱的，离那些过于看重钱的人咱们最好躲远点儿。他们的脑子都太低劣了，太空洞了。”

“那么……要是那些船里就有‘玛丽皇后’号呢？”

“然后呢？”

“这是不是就意味着他们把‘玛丽皇后’号的记录给烧掉了？”索菲心想他们应该没有烧掉，他们绝对不能烧掉。她需要那些记录。

“更有可能还保存着。要是牵涉其中的不止一个人，那烧掉任何一个记录都太不明智了。”

“为什么？我不明白。要是我的话，我就会把记录全都烧掉。”

“要是被逮住的话，那你最好有证据证明案子并不是你一个人犯下的。只有在故事书里罪犯才对彼此保持忠诚。”查尔斯擦了擦眼镜。镜片背后的眼神很坚定，“我的意思倒不是真实情况就是这样的，但是存在这种可能。”

“决不忽视任何一种可能？”

“非常正确。”查尔斯似笑非笑地说，“这句话你用得比我都好了。”

“他们会把那样的文件保存在哪里？”

“哪里都有可能。自己家里，办公室里，地板下面。或者，警察局大楼的顶楼有一间档案室。我听说有一百个档案柜，里面保存着四百万张文件。”

“谁告诉你的？”

“接待台的那个年轻姑娘。真应该有人给她升职，在接待台太浪费她了。”

他们过了马路，躲开了一大群乱哄哄的美国游客。

“查尔斯？”

“什么？”

“其实没什么。”他们继续走。“查尔斯？”索菲又叫了一声。

“我听着呢。”

“最适合藏文件的方法不就是把文件跟其他文件放在一起吗？”

“很有可能。”

“那么……”

“没错。我明白你的意思。”

“档案就在顶楼？”

“索菲……”

“这是你说的，不是吗？”一想到这个，随之而来的激动和震颤就令她的皮肤感到一阵刺痛，“要是……”

“不行，索菲。”

“可是……”

“不行。我可不会让你被捕。你不能靠近那个地方。想都别想。”

“可是咱们不会真的返回英国吧，是不是？”索菲并没有问查尔斯的意思，“我不要回去。我不能回去。咱们也许马上就大功告成了，这种时候我才不回去呢。”

“当然不回去。可是，索菲——我是认真的——接下来你得待在旅馆里。”

“可是，没有我你是不行的……”

“我行的。你得相信我，没有你我也会继续找下去的。”

“可是，那样一来我怎样才能帮到你？你必须让我帮帮你！你要怎么做？”

“我要找一位律师，索菲。”

“什么样的律师？”

“咱们请得起的最好的律师。恐怕也不会好到哪里去。然后我悄悄地混在那些酒吧里，看看能不能搞到点儿小道消息。”

“关于我妈妈的？关于薇薇安的？”

“我想应该是有关任何一个大提琴手的。”

“哦。”总体而言，索菲对律师是心存怀疑的，可是查尔斯看起来那么坚决，他的目光那么温和，索菲不忍心对他实话实说。结果，她说：“可是如果我能进到档案室……”

“不。每层楼都有一名警卫。你看到署长办公室门口站的那名警卫了吧？”

“看到了。可是，如果档案……”

“那名警卫壮得就像一头犀牛。每层楼都有他那样的人。”查尔斯瞪着太阳，“事实上，索菲，我需要你躲开旅馆里的其他客人。就连房间的门都不要开。”

“好吧。我会连门都不开。”索菲说。她告诉自己，她并没有在撒谎。

查尔斯看着索菲，她也看着他，满眼的无辜。

“真抱歉。我知道房间里很闷。我会给你带回来几本好看的书。”查尔斯说。

索菲一声不吭，然而，摇曳在胸中的那一点光亮并没有消失。绝不——她心想——忽视任何一种可能。

第 十 五 章

chapter fifteen

半个城市的声音

这天晚上，索菲早早地就跟查尔斯道了晚安，太阳刚刚落山她就爬上了屋顶。

她靠着一个烟囱帽坐在屋顶上，等着夜幕完全降临。等待的时候她把膝盖蜷在下巴下面，努力地合计着自己都有哪些选择。

她惊讶地发现“放弃”并不是选项之一。很奇怪，就她自己所知，她并不是一个勇敢的人。她害怕深水，害怕拥挤的人群，害怕蟑螂。一想到被捕，被带回英国，她就恐惧得直犯恶心。尽管如此，放弃仍旧如同飞翔一样是不可能的。在这里，她感觉妈妈真实得无以复加。她几乎能闻到她的气息，她敢肯定妈妈闻起来是玫瑰的气味，还有松香的味道。她感到那股气味就在街角那里。

索菲站起身，她不觉得自己已经有了计划，可是她故意摆出一副胸有成竹的样子。她脱了鞋，把鞋叼在嘴里，然后径直朝北边走去，就是那个男孩的方向。

二十分钟后她跪坐下来，扯出一只鞋的鞋带，将鞋带绑在烟囱帽上。她要让他知道她才不畏惧去别的屋顶呢。每到一个新的屋顶她就在烟囱帽上绑一样东西，一开始是另一只鞋的鞋带，然后用掉了两只袜子和两根头绳，这些都很容易绑在烟囱帽上。接下来她还绑上了手绢，可是手绢不够大，不停的松开。在第八个屋顶，她把套在睡衣外面的衬衣缠在了烟囱上。衬衣已经被洗得发暗了，丢掉它她也觉得没什么。

在第九个屋顶上索菲停下了脚步，用一只脚站着。在脚下的屋顶和下一个屋顶之间有一道熨衣板那么长的空隙。不算远，索菲告诉自己。她几乎肯定能跳过去。可是，不知为何她就是说服不了自己的双脚。

索菲犹豫了一会儿。然后她扯掉身上的睡衣，把睡衣抛到了下一个屋顶上。有那么一个瞬间她以为睡衣会顺着烟囱照直落下去，结果睡衣利索地落在了屋顶边缘，挂在了那里，袖子在微风中摇荡着，仿佛是在向黑暗致意。

索菲转身跑了起来，能有多快就有多快。到了这会儿，她的身上只剩下内裤了，还有叼在嘴里的鞋子。为了保持平衡她张开双臂，背后是一溜石板，是这座城市的制高点，脚下是一百个沉浸在梦乡的法国人。她回去睡觉了。

第二天晚上马蒂奥露面了，还带来了索菲的睡衣和袜子。他来的时候刚好子夜的钟声敲响了，整点的钟声成了他的掩护。直到马蒂奥站在距她只有三英寸外的时候，索菲才醒了过来。

“天哪！你吓死我了。”她说。

“我知道。”他把衣服丢在了她的床上。“我留下了衬衣，我想要它。”他说着，在床边坐了下来，“还有，你不妨解释一下。”

索菲说：“你发誓不告诉别人？”

“不。”男孩说。

面对这种要求还从来没有人说过“不”呢。索菲凝视着对方。“你不发誓？”

“我从不发誓。反正你得告诉我。”

索菲咬了咬嘴唇，男孩看上去一副天不怕地不怕的样子。天不怕地不怕的人通常都不会到处搬弄是非。

“要是你去告发我，我会找你算账的。记住，我才不怕屋顶呢！”

索菲把所有的事情一股脑地讲给了男孩。她从“玛丽皇后”号讲起，接着又讲了艾略特小姐和查尔斯的事情，还有她的大提琴，一直讲到来到了巴黎，在一堆烟囱帽中间。最后她说：

“最重要的是，我感觉以前来过这里。”

“巴黎？”

“巴黎，就在屋顶。可是寻找线索太难了。查尔斯在努力，但他只有自己一个人。没有别人能帮我。”

“你这是在请求我帮你吗？”

索菲看着男孩，他似乎穿了两条短裤，一条套在另一条的外面。穿在外面的红色短裤少了左腿的半截裤管，露出了里面蓝色短裤。两条短裤正好拼凑成一条。他身上的套头衫已经穿得不堪入目了，可是他的面孔却并非如此——他的脸看上去机警而聪明。

索菲说：“是的，没错。”

“你有什么打算吗？”

“当然有了。我要去贴海报，还有律师可以找。”

马蒂奥哼了一声。“他们可不会帮你。”

“会的，他们会帮我的！你干吗说这种话？”

“我想你能找到一个律师，可是我想不会有谁会跟警察署长过不去的。巴黎所有的律师都很腐败，绝大多数警察也是如此。”

“你怎么知道？”索菲的心突然变得阴郁起来，“你不可能知道的！总有人会帮忙的！这件事情不是一般的重要。”

“我一天到晚都在听别人说话。我就住在法院的屋顶上，所以我就是知道。”

“可是，你不可能从屋顶上听到什么！”

“我可以。从我住的地方我能听得到半座城的声音。那里就像是一个风洞，我听得见巴黎所有的音乐，所有的马，所有的罪案。”

索菲愣住了。“你能听到所有的音乐？”

“是的。当然了。”

“你听到了什么样的音乐？”

“各种各样的。大部分都是女人的歌声。弹吉他的男人，士兵们的乐队。”

“你听到大提琴拉的曲子了么？你听到福雷的《安魂曲》了吗？”

“我听不出安魂曲。是什么？这个名字听起来像是一种皮肤感染病。”马蒂奥说。

“我能给你拉一曲。”索菲蹦了起来，想要去把大提琴拿上来。可是她迟疑了一下。“要是现在拉的话，别人会听到的。他们或许会上楼来，发现你。”

“那就去外面。我先去，你可以把它递上来，你的大提琴，是这么叫的吧，对不对？”

到了外面，索菲坐在烟囱帽上，把大提琴摆在自己的两条腿之间。她知道《安魂曲》，只是她从来没用双重节拍拉过。

“拉得不会完全一样，可以吗？不过我觉得差不多就是这样的。仔细听，好吗？然后告诉我你有没有听过这首曲子。”索菲拉得磕磕绊绊的，不过她觉得至少拉得有些像神奇的埃斯泰乌勒先生拉的。等她演奏完，马蒂奥耸了耸肩。

“可能吧。”

“什么可能？”

“可能我听过。你说什么？”

“没什么。”事实上索菲刚才很小声地说了一句“决不忽视任何一种可能”，不过她并没有打算让他听到。

男孩说：“我对音乐不在行。除非是鸟叫声。你真得自己去亲耳听一听。”

“我能吗？真的吗？什么时候？”

男孩又哼了一声。“什么时候都行，看你了。我的日程不是很忙。”

“明天？”

“D'accord。”

“我不会讲法语。”不过男孩的神情似乎是在说好的。

“我说好的。到时候我来接你。”

“半夜？”索菲问。天上已经下起了雨，马蒂奥并不在意。

“不行。半夜天色还不够黑。两点半。别睡着啊。还有，穿暖和点儿。上面可能风大。”

“好的，当然了！”雨越下越大了。“等一下。雨对木头可不好。”索菲把大提琴从天窗放回了房间，当她转过身时，马蒂奥已经不见了踪影。

回到房间后索菲关上窗户，缩到床上最暖和的角落，可是直到拂晓才睡着。她一直听着雨敲打着玻璃的声音，她的心也在以双重节拍跳动着。

第 十 六 章

chapter sixteen

一头猪那么长

索菲觉得要是真听了查尔斯的话，一天到晚待在自己的房间里，她肯定就直接疯掉了。她努力安慰自己她没有违反任何规定，她并没有打开房间的门嘛。一整天只有想着屋顶，她才不会慌乱。索菲一个钟头一个钟头地数着，直到日落时分。

夜幕降临，越来越冷了，索菲在睡裙下穿了两双长袜。她没有带够保暖的衣服，于是就把枕套从枕头上拆下来，再把枕套绑在一起，做成了一条围巾——一条蹩脚的不太舒服的围巾，不过索菲觉得总比什么都没有好一些。忙完后她就爬上了床，把发刷压在脖子下面，以免自己睡死过去。就这样等待着。

凌晨半点的钟声敲响时马蒂奥到了。他敲了敲天窗，然后就不耐烦地朝房间里弹了几颗小石子，直到她爬到屋顶上。

“你好。晚上好。”索菲说。

“是啊，晚上好。”马蒂奥背着一个小包裹，短裤也换成了长裤。那条长裤看上去就像是之前参与了一场斗殴，还打输了。“你在学法语？”他说。

“一点点。法语不好学。”索菲的脸上泛起了红晕。

“没有啊，好学。我知道有的狗都会讲法语呢。我还知道有的鸽子也会讲法语呢。”

“那不一样。”

“怎么会？怎么不一样？”

“好吧，我不是鸽子。”突然索菲的心里冒出了一个念头，“你用了多长时间学会了英语？法国人都能像你这样讲英语吗？”

“我不清楚。我一直都懂英文，一点点。有一个酒吧，英国外交官们总是去那儿。酒吧里有一个天井。我能从我的屋顶上听到他们说话。我学过怎么读英文，那会儿我在……”他没有继续说下去。

“在哪儿？”

“一所孤儿院。”他摇了摇头，仿佛是在甩掉耳朵里的水，然后就换了一个话题，“听着——我是要问你一个问题——我住的那座楼属于全巴黎最高的大楼。你害怕高处吗？”

“不怕。我想我不怕。我是说，现在我就在高处啊，不是吗？”

“这里不算高！实际上这里也就算是人行道。我的意思是，对于真正的高处你没什么问题吧？”

“我还行吧。”索菲说。她将目光投向了脚下的石板。

“哦。”

“我想还算好吧。”

“那你就不能去了。‘还算好’就是不够好。对不起了。”马蒂奥转身就走。

“等等！我是在跟你谦虚呢！”

“可是你刚说……”

“我完全没问题，”索菲说，“我非常棒。”马蒂奥显然是那种不明白谦虚是什么意思的男孩，索菲不能冒着被甩下的危险。“非常棒。”她又说了一遍。

“那你就该实话实说。准备好了吗？”

“是的。”看来最好换个话题。“你住在哪儿？这附近吗？”索菲问。

“是的。不过不在这条大街上。这条街太寒酸了。”

“是吗？噢。”在索菲看来这条大街已经非常体面了，一根根高高的灯杆，一条条优雅的小街。“这又能有什么关系呢？”她看了看他的衣服，又看了看沾在他的前额发梢上的泥点，“真没看出来你这么势利。”

“好多原因呢。”马蒂奥一副目中无人的样子。

“比如说？请说一说，我很好奇。”

“寒酸的房子通常都是尖的，昂贵的房子通常都是平的。尖屋顶不好。寒酸的房子……有很多难以预料的因素，你没法确定你的脚会不会把石板踩穿，而且那些房子太矮了。在郊区，那儿只有别墅，没有办公楼。我从不去郊区，那些房子太矮了。”

“真的？一直这样？”

“几乎吧。就像人一样，有钱的高，寒酸的矬。”

“这有什么要紧的呢？”

“你觉得呢？”

索菲望着一座座的屋顶。“是因为在小房子上的话，他们就会从街上看到你吗？”

“没错。不然差不多所有的地方我都能去了。我是说，在夜里，从不在白天。”

“你去公园吗？”索菲心想要是我也能到处跑，那我就会去公园。

“不。当然不去。”

“为什么不去呢？自己拥有一座公园多棒啊。而且公园里可能还有吃的。”

“我从不下到地面上。好几年了。在屋顶上你不会被困住。”

索菲眨了眨眼睛。“从不下去？”听起来太不可能了，“需要过马路的时候怎么办？从屋顶上过？”

“从树上过去，或者灯杆的最上面。”

“你就从不……过马路？”

“从不。”

“为什么呢？”

“危险。”马蒂奥说。

“哦……”马蒂奥的声音听起来越来越敷衍了，可是索菲就是没法克制住自己，“知道吗，大多数的人都会说在屋顶上才危险呢。”

“大多数的人都很蠢。在地上你很容易就被逮到了。所有人都会被逮到。”

“逮到？”在黑暗中索菲使劲儿琢磨着马蒂奥的神情，他看起来很严肃，“有人在找你吗？”

马蒂奥没有接她的话茬。“那么，你究竟是想看我住的地方，还是不想看？”

“想啊！就现在？”

“就现在！”马蒂奥都没有回头看一眼索菲是否跟上来，就迈开了脚步。

在站定的时候，马蒂奥是一个外貌不凡的人，动起来的时候则相当惊人。他似乎是用橡胶做成的。跑起来的时候他把身子压得很低，手脚并用，仿佛那双手是额外的一双脚。跟在后面的索菲竭尽全力地保持着安静和速度，可是一路上不时绊倒在粗糙的石板瓦上，膝盖上的皮肤有不少掉落在了身后。

马蒂奥跑了十分钟，索菲也跟着跑了十分钟，在斜屋顶屋脊上努力保持着平衡，在平屋顶上全速前进，跳过屋顶之间的一个个空隙。有两次，碰到下一个屋顶陡然高出很多的情况时，马蒂奥为她示范了如何爬上一段排水管，到达到下一个屋顶。

“关于排水管，最重要的就是你把自己往上拉的时候，绝对不要把脚伸进窗户里，容易被人看到。”说话的时候，他正倒吊在一根排水管上。

索菲一言不发地应付着排水管。她的指甲狠狠地刮着金属，除了这一点，排水管跟树没有太大的区别。当她“砰”的一声落在马蒂奥身旁的石板瓦上时，马蒂奥点了点头。他几乎露出了笑容。“不赖嘛。下一次收住膝盖，那样的话落地就更稳了。不过现在已经不错了,至少可以说挺好的。”他说。

索菲开心地涨红了脸。马蒂奥又跑了起来。巴黎在他们两个人的脚下沉睡着。

他们来到了一片插满旗子、建筑高大肃穆的地方。随着屋顶变得越来越宽，越来越大，马蒂奥的脚步也越来越快。有一次，在一座小礼堂之类的房子上，精巧复杂的屋顶把索菲绊倒了,摔得肚皮朝天。她紧紧地抓着栏杆,好让自己站稳,停下来喘气。

风那么大，马路对面的灯杆顶上有一道黑影，倒挂在灯杆上摆动着。

索菲看到了那个影子。她绝对看到了那个女孩的影子。可是等她撩开挡在脸上的头发，再看过去的时候，那个女孩已经消失了。

好几分钟后她才追上马蒂奥。“马蒂奥！看到她了吗？那个女孩，她是谁？”

“我没看见。可能什么都没有，说不定是一个纸袋子吧。”

“比纸袋子大！是一个女孩！”

“没准是一只破风筝、枕套什么的。走吧。”马蒂奥把指关节压得咔咔作响，又朝前跑去了。

又跑了十分钟他才停下了脚步。他们要跳到一个又高又陡的屋顶上，它在月光下微微地泛着绿色的光芒。

“就待在那儿。”马蒂奥跳过去了，然后弯下了腰，在屋顶上轻轻地敲了敲。声音回荡开去。“铜的。把鞋脱了再过来，尽量轻点儿跳。”他说。

索菲脱了鞋。“那鞋怎么办？”

“扔过来，给我扔过来。唉，我讨厌死铜了。”

索菲按照马蒂奥说的那样做了。她暗想，谢天谢地，查尔斯教过她怎样把东西扔出去。

“最糟糕的屋顶是哪种？是铜的吗？”她问道。

“不是。是石瓦的，老的，有些年头的那种。那种屋顶比铜的动静小，可是太容易……应该怎么说来着？摇摇欲坠？”

“是错位？”索菲屏住气，凝视着两个屋顶之间的空隙。

空隙不比她的胳膊长，尽管这样还是令她战栗。她跳起来了，落地的时候狼狈不堪，不过她一下就从地上蹦了起来。

“也许吧。是的，错位。平屋顶是最棒的。”马蒂奥把鞋还给了她，“只要板材又大又厚就好。石头、石板瓦、金属都没问题。”

“没错。就像博斯特旅馆屋顶上的那种？”

“是的。还有大多数国家盖的房子上的那种屋顶。你知道的，医院、监狱，还有剧院。但是只有四层或低于四层楼的都太矮了，让人没法在上面睡觉。要是你滚到太靠边的地方，别人从大街上就能瞧见你。等等，别穿鞋。把鞋绑在腰上。”

“好的。”索菲用鞋带把鞋系在了腰上，“可是，为什么呢？”她小心翼翼地把鞋摆放好，两只分别挂在屁股的左右两边。

马蒂奥说：“你得用上脚趾，在屋顶上。你永远都不该穿着鞋子。”

“可是，你不是……”

“人们都以为脚趾头没什么用。那是因为他们太蠢了。”

“可是，你的脚上不是……”

马蒂奥的脸上浮现出一个恼羞成怒的校长才会有的神情。“你以为脚趾头只适合用来积攒泥垢，是不是？”

“不完全是，可是……”

“没什么可是。脚趾头可是至关重要的东西。你需要用脚趾头保持平衡。我的每一根脚趾头至少都折过两次。你瞧。”

马蒂奥抬起一只脚。

那只脚黑乎乎的，脚底板结满了茧子，找不到一寸柔嫩的皮肤。马蒂奥轻轻地拍着自己的脚掌。“听到了吗？就像是罐头盒。你都能用我的脚演奏音乐了。”

索菲说：“可是，到了冬天你的脚不冷吗？”

“冷啊。”

“哦。”索菲等着他继续说下去，可是他没有再说什么。

“可是，待在你自己的屋顶上的时候，你就不能穿上鞋子吗？我可以把我的鞋子给你，要是你愿意的话。我有两双呢。”

“不用了。谢谢你。”

“那双鞋不是女孩的。”索菲把吊在腰上的鞋举了起来，“就跟这双一样，是男孩们穿的靴子。是查尔斯送给我的礼物。你的脚是多大码的？”

“在屋顶上没法穿鞋。你永远都不知道什么时候可能就需要跑了。”

“可是，下雪的时候该怎么办呢？”

“到了冬天，为了保暖我就用鹅油和绷带把脚脖子和小腿裹起来，每层还要垫上羽毛。差不多就等于穿着鞋子了，只是脚趾头露在外面。”

“哦。管用吗？”

“不管用。不过，也差不多吧。”

“为什么要用鹅油？”

马蒂奥耸了耸肩。“肥油能让你暖和起来。鹅油又是最棒的一种油，不过你也可以用鸽子的，要是迫不得已的话。麻雀身上没有足够的油，松鼠的肉又太干了。反正你得用油腻腻的东西。”索菲的脸不由自主地摆出一个不屑的神情。马蒂奥看到了，他皱起了眉头。“我从没说过这样很好，只是这样很管用。咱们走吧。准备好了么？”

索菲看了看紧紧扎在腰上的鞋带。“马蒂奥，你从哪里学到这些的？”她说。

“碰巧学到的，大部分都是。实践。”马蒂奥掀起了自己的衬衣，从肚脐到胸廓上竖着一条紫色的伤疤，“反复试错。”

“天啊！怎么弄的？”

“跌倒了。倒在一个风向标上。这块……”他又亮出肩膀上的一块淤伤，上面还泛着新伤口才有的绿色，“是我倒在一个烟囱帽上的时候弄的。”

“疼吗？”

“当然了。”他耸了耸肩，“跟大多数人相比，我们算是经常流血了。这又不是世界末日。”

“哦，”索菲说，“马蒂奥？”

“什么？”

“‘我们’是谁？”

马蒂奥的神情变得如此不同，且如此突然，索菲不由得向后退了退。“我。我说的就是我。”马蒂奥说。

马蒂奥又出发了。这一次，来到两个屋顶之间的空隙前的时候，他根本没有等索菲，也没有回头看一眼就跳了过去。每一次面对屋顶空隙的时候，索菲都不得不停下脚步，鼓起勇气，那些空隙在地面上不算什么，可是到了屋顶上它们就会逼她必须拿出全部的勇气。没一会儿工夫，她就落后了整整一个屋顶的距离。

“咱们能慢点儿吗？求求你了。就慢一点点。”

“不行。”马蒂奥说。他拨开挡在眼睛上的头发，恶狠狠地瞪了一眼索菲。然后他又加快脚步跑远了。

半个钟头后马蒂奥的确慢下来了。他转过身看着索菲，似乎火气全消了。他说：“这是最后一个空隙。就在前面那座房子。”

到了这会儿，索菲感觉自己已经成了一个老手了。“咱们跳吗？”她把头发拨拉到后面，蹲下了身子。

“别跳！停下！索菲，停下！”

“什么？出什么事儿了？”

“你不能跳到那个屋顶上。那个屋顶是——我不会说那个词——‘窝室’是吗？”

“你什么意思？”

“那上面的护墙太老了，不能跳上去。上面的瓦片一踩就断了。”

“噢，天哪！”索菲盯着那道空隙。不太宽，千真万确，可是距离地面有很高一段距离。

“我明白！它很棒。所以我才选了这个地方住着，这意味着谁都不可能跟上我，除非他们知道这个情况。要是在不知道的情况下你就跳上去，那你就完蛋了，我想是这样的。”

“这么说可不太让人安心啊，你意识到了吗？”

夜色浓重，不过索菲觉得马蒂奥笑了。“我才懒得让你安心呢。”

索菲意识到自己一直憋着气。她大口大口地吸着气，惊讶地发现氧气竟然会给人那么多的勇气。“那你怎么过去？”她问道。

“很简单，跨过去。”

跳是一回事，猛地向前一冲，倒吸一口气就行了，你的内心还会为之喜悦起来。而慢慢跨过一片空荡荡的地方则完全是另外一回事。索菲试着想象了一下那副景象。“我不行。我只能跳。”她说。恐惧升到了她的嗓子眼，带着一股生涩的味道，“太宽了，我跨不过去。”

“不，对你来说不宽。你的腿就像排水管。”

“不像。”

“这是好话！你天生就适合屋顶的生活。反正人的两条腿跨出的距离比你想象的要远。”

“我就是不知道自己行不行。”

“你说过自己在高处完全没问题。”

“我是没问题！”索菲心想岂有此理，“咱们已经走了几英里了！我的身上到处都是破口和烟灰，我一次都没有停下来过。”

“那又怎么样？不到终点都不算数。”马蒂奥把一只手搭在了索菲的肩膀上。

索菲跳了一步闪开了。“别逼我！”马蒂奥是一个捉摸不定的人，索菲头一回意识到，屋顶和捉摸不定的人真是危险的组合。

“我不逼你！你小点儿声。”马蒂奥压低声音说道。

“对不起，真抱歉。”索菲再一次凝视着屋顶的边缘，“好吧。告诉我我该怎么做。不过，我并不是说我一定会做。”

“好吧，先闭上眼睛。”马蒂奥说。

“马蒂奥。咱们现在可是在屋顶上啊！”

“闭上眼睛。要是睁着眼睛的话，那你就会往下看，要是你往下看，那你就会掉下去。”

“哦。”索菲闭起了双眼，“啊。”

“我要领着你走到边上。你的眼睛闭上了吗？”

“闭上了。”实际上索菲透过眼睫毛偷偷地瞄着。她看得到自己的两只脚越来越接近屋顶边缘了。

“不，你的眼睛没闭上。彻底闭上。那样更容易，我向你保证。就现在——我抓着你的睡衣后面，这样你就掉不下去了——你把脚迈出去。”

“迈多大？”

“一头猪那么大。”

索菲暗想，一头猪那么大！她肯定要完蛋了，她从来没有仔仔细细地观察过猪啊。

“没事儿的。你很安全。”马蒂奥的语气听上去严肃得非同一般，“把眼睛闭上。”

索菲朝着屋顶的空隙伸出一条腿。“闭上了。”她说。这一次她没有撒谎。她紧紧地抓着马蒂奥的手臂，把腿伸进了一片虚空中。她的腿甩了甩，什么也没碰着。索菲“嗖”的一下又把腿收了回来，退离了边缘。

“马蒂奥，这可比一头猪更宽！”

“是猪的身长。猪还是挺长的。甩甩腿，我抓着你呢。再试一次。更远一点儿！没错！”当脚碰到远处的屋顶边缘时，索菲几乎是在劈叉了。

“现在怎么办？”她努力让自己的声音不那么慌乱，可是她身体的重量已经压在了膝盖上的某个地方，远得让她没法把腿收回来了，她觉得自己随时都有可能向后扭转跌落下去，回到那片虚空中。要是有人这时正走在下面的小巷子里，那他们准会看到她穿在睡裙里面的内裤。她暗想这就是为什么所有人都应当穿裤子的原因。就是为了这个。

“现在你松开我。然后……”马蒂奥说。

“什么？不！别……”

"就一秒钟……"马蒂奥已经从索菲的手中脱身了，"然后我跨过去……"只听得轻微至极的"咚"的一声，一只松鼠都能制造出更大的动静。

"把你的手伸给我。"

索菲伸出了手，红着脸。她的手被汗水弄得滑溜溜的。

"现在我把你拉过来。"马蒂奥使出的劲儿大得惊人，索菲被拽了过去，肩膀、胳膊和膝盖一起被拽过了两个屋顶之间的空隙。

"现在你可以站起来了。擦擦你的手吧，"马蒂奥说，他咧开嘴笑了起来，"你都能用手给花草浇水了。来吧，咱们马上就到了。"

"你说过这是最后一个屋顶了！你说这就到了！"

"这个嘛——我撒谎了。"

第 十 七 章

chapter seventeen

天地之间的一根线

马蒂奥整理了一下自己的背包，招呼索菲继续朝前走。“等月亮出来的时候你就能看到了。”他伸手指了指，吸了一口气，鼓起了胸脯，“就在那儿——那边的屋顶——我就住在那儿。”

“真不错。”索菲客客气气地说。她的眼睛还闭着呢，不过当别人带着你参观他们的家的时候，你就应该这么说。

“不错？仅此而已？”

“抱歉。”索菲刚刚喘过气来，勇气也才刚刚恢复。她睁开眼睛，接着又睁了一次，这一次睁得很大。“你住在那儿？”

那座房子很美，跟他们正坐着的房子一样高得令人晕眩，不过是用砂岩建造的，在月光下泛着黄光，墙上雕刻着武士和女子的浮雕。看上去屋子里应该有枝形大吊灯，还有手握大权的男人。屋顶上插着一根锃亮的银色杆子，杆子上飘动着一面法国国旗。

“那是法院，全巴黎最重要的一栋建筑。”马蒂奥说。

“你听起来就像是一名房地产经纪人。”

“是真的！”马蒂奥看起来火冒三丈，“它是全欧洲最漂亮的建筑。导游书上就是这么写的。”

“咱们怎么过去呢？”他们所在的建筑和马蒂奥的住处之间的空隙宽得根本跳不过去。树长不到那么高。

“要是只有我自己的话，我就从后面绕过去，爬上那棵橡树，然后去爬排水管。”马蒂奥取下背包，“可是，要想从树上跳到排水管上需要练习。你看。”他挽起袖子，手腕到胳膊肘上有一道伤疤。“很吃苦的那种练习。”他打开背包，“其实我带了这个。”

“绳子？”索菲打量着马蒂奥手中厚厚的一卷绳子。那是很长的一根绳子，而且很重，马蒂奥肯定比看起来要壮实得多。“尾巴上的钩子是干什么用的？”

“你马上就明白了。”

“咱们要爬上什么地方吗？绳子就是干这个用的？”索菲竭力不让语调中流露出心中的恐惧。她不得不说，马蒂奥一定天生就比正常人勇敢。

“我说了，你会明白的。”马蒂奥走到屋顶的最边上，用脚趾头裹住边沿。索菲登时就受不了了，可是马蒂奥就如同站在马路牙子上一样冷静。“靠后站。”他说。他在头顶上飞快地旋转着绳子，“啪”的一声就把绳子甩过了屋顶边缘。绳子飞了出去，最后钩在了对面的排水沟支架上。

马蒂奥扯了扯绳子，他的脸上有着与查尔斯听音乐时相同的那种表情。

“这就可以了。”马蒂奥说。他拉紧了绳子，然后把手中的这一头绑在了墙上的一根弯弯的钉子上。为了图吉利，他往绳结上吐了一口唾沫。

“好啦，咱们走吧。”他说。

索菲盯着马蒂奥。“开什么玩笑。”

“你说你想看看我住的地方啊。这样才能过去啊。很容易的！”

“这只是一根线啊！天地之间的一根细线。是一根线啊，马蒂奥。”

“是一根绳子。”

索菲心想站在这里看的话，那个东西绝对就像是一根线，看起来完全不可能走过去。

黑暗中，马蒂奥的脸上浮现出恼怒的神色。“要是你乐意的话，你可以试试从树上跳到管子上去，不过那样做肯定很蠢。这样做才更安全。”

“一根拉紧的绳子。”从索菲站的地方望过去几乎看不见绳子，夜色中那里只有一抹不停滑动的灰影，“一根拉紧的绳子是你更安全的选择。”

马蒂奥站在屋顶的空隙前冷漠地看着索菲，说："要是你不干，我也不会帮你。胆小鬼不值得别人帮。"

"别管我叫胆小鬼。我不是胆小鬼。"

"没错。我就知道。"

"什么？"

马蒂奥有点抱歉地耸了耸肩，"我不必非得认为你是一个胆小鬼。"

"那就不要说这种话，再也不要。"

"听着，这很容易。我做给你看。"

马蒂奥又吐了一口唾沫，然后用大拇指擤了擤鼻子。他一脚踩在了绳子上，迟疑了片刻，他的身子晃了晃，接着他就迈出了脚步，一步接着一步，一口气走到绳子的正中央。他伸展双臂，索菲暗想他那两条胳膊就像一对翅膀。他的上半身随着微风晃悠着，看起来他是在稀薄的空气中保持平稳。风吹皱了他的衣裳，拨弄着他的发梢。

索菲心想这真是世上最出乎意料的事情，令她吃惊得喘不过气来。

马蒂奥非常缓慢地转过身。恐惧令索菲的喉咙为之一紧，可是那个男孩却纹丝不动，他朝她走了回来。"来吗？"他说，并伸出了一只手。

令索菲感到惊异的是她甚至用不着考虑。或许是因为这太美了，或许是因为有时候每个人都需要愚蠢地、不计后果地勇敢一次。

“好的。我这就过去，”索菲说。

她走向屋顶边缘。这并不难。她在护墙边缘蜷起脚趾，朝下面看了看。这就不那么容易了。她的两只手已经发烫了。她暗想，稳住。

“慢慢来，”马蒂奥说，“一开始慢一点儿。你能用一只脚踩在绳子上吗？”

索菲感到绳子在她赤裸的脚下锋利又充满弹性。“噢，马蒂奥，我的心脏！”她的胸膛里刮起了一阵旋风。

“把两只手都递给我。保持平衡的事都交给我，好吗？”

“好的。”索菲说，“是的。”

“另一只脚。”

索菲的右脚离开了地面。她走到了空中。“噢。”她喘着气，“我想你一定是疯了。咱俩一定都疯了。噢，天哪。”

“很好。”马蒂奥说。索菲

摇晃起来，马蒂奥扶住了她。“疯才好呢。别往下看。”

“可是，我怎么才能知道该把脚放到哪里？”索菲的音调比平常高了很多。

“你抓着我，抓着我的肩膀。我倒退着走，我来负责咱们的平衡，好吗？你不要往下看，你能用脚去感觉绳子吗？”

“可以。”索菲说，她的拇指深陷在他的皮肤里，“可以。”

“现在，左脚，右脚。用脚趾抓牢。左。停。不要往下看，朝上看。看着我的头顶。你感觉到平衡了吗？”

绳子的毛刺令索菲的两只脚直发痒。“我想感觉得到。是的。也许吧。”

“好的，”马蒂奥说。他摸上去又瘦又轻，感觉有些吓人。索菲心想他的锁骨肯定是凹陷的，就像鸟的锁骨一样。“保持呼吸。迈步。”走到一半的时候他放慢了速度，最终站定了。

“干吗停下来？”索菲问，她竭力不让恐惧的尖叫声冲出自己的嘴巴，“我想我更愿意咱们继续往前走。”

“这样你就能看一看了。瞧啊，索菲！别往下看——看对面。这就是整个巴黎了！”

索菲望了过去。她倒抽了一口气，脚下的巴黎一直蔓延到了塞纳河。巴黎比伦敦要暗淡一些，这是一个闪烁着星星点点灯光的城市。她暗想，这座城市如同世间珍宝——法贝热复活节珠宝彩蛋一样美丽。它就是魔毯一样的东西。

“瞧见了吗？全世界最棒的城市。在任何地方都不如站在这里更能让你感觉到自己像一个国王。”马蒂奥说。

比当国王还要棒。索菲心想，国王们每天一千次的握手会把手指给磨破的，而站在这里感觉自己就像一位勇士、一个精灵、一只飞鸟。

在远处，就塞纳河边，她觉得她看到了博斯特旅馆，还有她的天窗。

“我想知道我是不是忘了熄灭蜡烛了。我觉得我能看到蜡烛。”她说。

马蒂奥没有理会这个。他的脸比以往更白一些，眼睛也比以往更亮了。他似乎在聆听绳索的声音。“咱们喂喂鸟吧？”

他说。

“好的。”就在这时一阵风扯了一把索菲的睡衣，她改变了主意，“要不还是别喂了。不，其实我想我更愿意继续朝前走。走吧！”她说。

“别这样！在半空中喂鸟！这可是国王都做不到的事。”

“可是，已经过半夜了。鸟……”绳子摆动了一下，一团苦涩的东西冲上了索菲的喉咙，“鸟应该都入睡了。”

“它们只不过在打盹。我一喊，它们就醒了。再有两分钟就好，索菲！我抓着你呢。只要我抓着你，你就不会掉下去。”

“那就快一点儿，好吗？”

“你得松开一只手。我有谷子，就在我的口袋里。我把谷子放在你的手心里，好吗？我保持着平衡呢，索菲。你只需要站直了。别，不要往下看。”

索菲试着不看马蒂奥的手而去拿谷子，可是她没能做到。整个世界都向下突然栽了下去，她感觉到一半的谷子都从自己汗津津的手指中间溜走了。她的膝盖一阵痉挛，绳子随之颤抖了起来。“马蒂奥！救救我。”

马蒂奥此时无比镇定。他说：“稳住。”他将她抓得更紧了，还改变了两个人的重心。“你慌神了？”

“没有。”索菲撒谎了。

“如果你要掉下去了，我会抓住你的。你明白的，对不对？是不是？我还没从拉紧的绳子上掉下去过呢。至少没掉下去多远。反正就是不太远。拜托你了，保持呼吸。”

“我在呼吸！不要再跟我说呼吸了！”绳子嵌进了她的脚底板，“我在呼吸呢！”

马蒂奥说：“再有一分钟就好。放松膝盖。很好。我要召唤鸟了。”

“马蒂奥，我觉得我想继续走，”索菲竭力不去想从五十英尺的高空掉下去的情形，可她控制不了自己，“求求你了，咱们走到那头去吧。”

“不。就一分钟。”马蒂奥吹起了口哨，三声都是一个音阶，但是一声比一声高。口哨声尖利、清澈，响彻了几英里寂静无声的黑暗，穿透了索菲的恐慌，听起来仿佛就要下雨了。

马蒂奥说：“你会吹口哨吗？”

“会。”这时来了一阵风，索菲脚下的绳子晃悠了起来。她又闭上了眼睛。

“那就学我的样子。”

索菲用脚趾紧紧地抓牢绳子。她吹起了口哨，就像在拉大提琴一样，口哨声令其余的整个世界都远离了他们。

“真不错。”马蒂奥听上去有些惊讶，“非常棒。你没跟我说过你会吹口哨。”

“谢谢。”索菲又吹了起来，口哨让她的呼吸平稳了下来。她想让喉咙像夜莺那样颤动起来。

“睁开眼睛吧。”马蒂奥咧嘴笑着，索菲还从来没有看到他这样笑过。“往上看！”他说。

她抬起头看着。三只鸟在马蒂奥的头顶上盘旋着。

“你瞧，它们认识我。把你手里的谷子递出去。再高一点儿，得高过你的肩膀，要不然它们就会试图爬到你的胳膊上，然后爬到你的脑袋上。”马蒂奥说。

一只鸟落在了索菲的手上，接着第二只也落了下来。

“噢！”索菲吸了一口气。鸟有些重，它们压在索菲手臂上的重量令索菲体会到了世上最奇异的喜悦。它们的爪子掐着她的皮肤。“你们好。”她又吸了一口气，然后用法语说了声“晚上好”。当第二只鸟落在她的手腕上的时候，她脚下的绳子又晃悠了起来。

马蒂奥再一次改变了两个人的重心。他的脸上有泥巴，但是那种浓浓的纯白表明那是鸟屎。

“它们喜欢你。瞧啊！”马蒂奥说。

索菲看了过去。一只鸟一边拍打着翅膀，一边挪动脚步，顺着她的前臂一直挪到了她的肩膀上。她暗想这只鸟仿佛是在考验她的勇气。

“待在这里吧。”她轻轻地对鸟儿说。鸟儿似乎同意了她的请求。“别走。就待在这里。”

最大的那只鸟啄着嵌在索菲掌纹中的谷子，她想现在谷子一定带着一股汗味。

马蒂奥又吹了一声口哨，又有一只鸟盘旋着落了下来，最终落在了索菲的脑袋上。接着，一只红眼睛的鸟落在了马蒂奥的肩膀上，叨起了他的脖颈。

“我认识这只。他叫伊丽莎白。”

“他？”

“他已经老了。我还是个婴儿的时候就认识他了。那时候我还分辨不出性别，我以为他是个女孩。”

“他很漂亮。”

“是的，我知道。我没想到他会来，他不喜欢陌生人。”伊丽莎白从马蒂奥的身上飞了起来，拍打着翅膀，又落在了索菲的锁骨上。他看着索菲的眼睛，脑袋一起一伏。“他肯定以为自己认识你。”

“没准他真的认识我。”

“不可能的，怎么可能呢？小傻瓜伊丽莎白。”

伊丽莎白在索菲的面颊上扑扇着翅膀，可是没有飞走。索菲心想，自己得到了鸟儿们的认可！在半空中！

“马蒂奥！这一切太棒了！”索菲想不出该用什么词来形容，“这一切就像音乐一样。”

索菲觉得这座城市跟她之前的理解不一样了。“比你想象得更友好。”她轻声说道。这时一只蓝冠山雀落在了她的手上，她感到自己的手上戴上了一件珠宝首饰。蓝冠山雀比戒指更漂亮。山雀啄着她的耳垂。“比你想象得更疯狂。”

第 十 八 章

chapter eighteen

迎着风瞄准

索菲任由马蒂奥领着她走在绳索上，半个钟头过去了，他们终于走到了绳子的另一头。只有会升起的太阳才能使她屈服。马蒂奥退回到屋顶上，并把索菲拽了过来，索菲的两条腿开始哆嗦起来。她晃晃悠悠地朝着屋顶中间走了三步便倒下去了。

“你没事吧？要我帮忙吗？”马蒂奥问。

“不用。我想我还好，只是我的腿不太管用了。”索菲捅了捅小腿上的肌肉，结果小腿出现了痉挛，“我想我的腿马上就恢复正常了。要是没问题的话，我就在这里坐一会儿。”

“你的脸色很怪。你想睡上一会儿吗？我有毯子。其实就是个口袋，不过……”

“不用，我不能睡。我就坐一会儿。”

“好吧。我生堆火。”

“在哪儿？在这儿？”

“当然不是！别傻了。必须贴着烟囱生火，这样冒出来的烟看起来就像是从烟囱里冒出来的烟一样。你就待在那儿。不要去别处。”

几分钟后，索菲的两条腿允许她站起来，到处看看了。这个屋顶就像小镇的广场那么大，上面的石板很光滑。索菲试探性地跺了跺脚，她的腿似乎又变得结实强壮了。屋顶中央升起了一缕烟，索菲朝那里走了过去，更确切地说是一瘸一拐地走了过去。

马蒂奥蹲在烟囱背后，往火堆里添着柴。从外观上看，那堆柴以前应该是一把椅子。马蒂奥的肩膀上背着一个麻袋。

“马蒂奥！”索菲睁大了眼睛，“这些都是你的？”她希望在黑暗中他不会看到她有多么惊讶。

“当然了。还能是谁的？”马蒂奥的脚边堆着一捆扎在一起的箭。靠着烟囱整整齐齐地码放着一堆苹果、一把锡制炖锅和一把水壶、一大堆做得很粗糙的木勺、几玻璃罐坚果。还有两个麻袋，索菲往里瞄了几眼。一个麻袋里装满了树叶，另一个装满了骨头。

“给你。坐吧。”马蒂奥递给她一个靠垫。

“你做的？”靠垫的套子是麻袋片，不过垫子倒是又软和又厚实。

“当然喽。”

“用什么做的？”索菲揉了揉垫子，它可比索菲家里的任何一样东西都柔软，“里面装的什么？”

“就是鸽子的……唉，毛毛而已。我不会说那个词。”

“绒毛？”

“不是，不是绒毛。绒毛……不支楞。就是鸽子的羽毛下面那些软软的白色的毛，你明白吗？不过，我当然还用了外层的大羽毛。我什么都用。就连骨头都用上了。”

“拔完毛之后你没放了它们？”

“放了它们？当然没有。我是说……它们已经死了。我不会拔活鸽子的毛。那样我会很为难，鸽子也会很困窘。”

“所以你就把它们都吃了？”

“没错。我煮熟后吃掉了。”马蒂奥掏出一把小刀，递给索菲，“就用这个。有时候，要是赶上下雨，我又非常饿的话，那就省掉煮的环节。”

“骨头你也吃？”

“我用骨头熬汤。”

“好喝吗？”

“不好喝。很恶心，就像是胶水。不过总比什么也没有强吧。”

“外层的羽毛呢？你拿它们做什么？”马蒂奥真是个不同寻常的家伙，要是他把羽毛当斗篷穿在身上的话，索菲也不会感到惊讶的。事实上，就算他把羽毛缝成一双翅膀，她都不会感到惊讶。

“看。那个……那边。不对，是那边。”

屋顶的远处，在两个烟囱之间有一条被单。索菲步履蹒跚地走了过去，想看个仔细。床单是用鸽子的羽毛层层叠叠地缝制成的，有些油腻，感觉怪怪的，但是非常漂亮。床单下面是一张用麻袋做成的床。索菲揉了揉床垫，就跟她坐的靠垫一样软和。

“羽毛防水。”马蒂奥说。他已经走到了索菲的身后，可是索菲没有听到一点儿动静，“用起来就像帐篷，只有它才是免费的。”

索菲心想这条床单应该不暖和，挡不了风。“马蒂奥，到了冬天你怎么办？怎么保暖？”

“我不用保暖。”马蒂奥耸了耸肩，“你得习惯这个。当然，你不会喜欢上这个。”

“你就不能去孤儿院吗？只是去过冬呢？”

“不能。”

“可是……”

“我去过，一次。打了一架，在北边的屋顶上。我被划伤了，伤得很重，伤口最后感染了。”说话的时候马蒂奥把右手夹在了左胳肢窝里，“我觉得我没有选择的余地。”马蒂奥使劲儿地捅了捅火堆。火星飞了起来，索菲闪开了。马蒂奥说：“那里的窗户上装了铁栅栏。我能撬锁,可是谁都撬不动铁栅栏。”

“那里为什么要装铁栅栏？有人试图闯进去吗？”

“不是的。是孩子们试图冲出来。可是一旦他们知道了你的存在，他们就不会让你出来了。在法国，无家可归是不合法的，你知道这回事吗？”

索菲不知道。听起来这是全世界最愚蠢的规定了。“可是你还是走掉了，是不是？”

“是的。从烟囱里走掉的。本来我应该是走不掉的。他们现在还在找我，还有其他一些人。他们在邮局张贴了寻人告示，寻找逃跑的孩子。你知道这回事吗？”

“可是为什么呢？我的意思是，你为什么要逃跑？出了什么事儿？”

“没什么。没出什么事儿。那里就跟地狱一样：每天都是一样的。要是吃饭的时候你跟别人说话，那他们就会冲你直嚷嚷。要是你哈哈大笑的话，他们也会冲你直嚷嚷。”

“真的？”索菲目瞪口呆，“我的意思是，你没有夸张？”

“没有。索菲，你根本想象不出来。我不能冒险再回到地上去了。大家最好还是不要知道我的存在。”说完马蒂奥就把脸转了过去，把一根小树枝插在了趾甲里。

索菲不笨，她转过头去看那个羽毛帐篷。“嗯，我觉得这太美妙了，在屋顶上！我想如果我是你的话，我就再也不会离开这个屋顶了。”她轻轻地抚摸着羽毛，羽毛上落着水滴，不过下面的石板已经干了。“太棒了！真希望我也住在这里。太完美了。”

马蒂奥耸了耸肩。“夏天这里臭烘烘的。”不过他的脸上露出了查尔斯暗自开心时的那种表情。他说：“海鸥的羽毛最好了——瞧，那边……”他指着床单，指着床单上一块块白色的地方，“因为它们的羽毛天生就油腻腻的，水落到上面就流走了。不过，你搞不到多少海鸥，除非是在暴风雨过后。鸽子的也不赖。它们的羽毛厚实，而且手头有鸭子油的时候我还会在上面抹上鸭子油。”

“可是，你怎么才能捉住鸽子呢？”

马蒂奥看着索菲，死死地盯着她。“你觉得呢？”

“用……用陷阱？”索菲对此一无所知。用小刀？用手？用牙齿？她觉得用什么都不会再让她感到惊讶了。

“我做给你看。反正今天我还没吃饭呢。”

马蒂奥把手伸进烟囱，取出来一只弓。然后他又把手伸到床垫底下，取出来一捆箭。“不捆起来的话，这些箭就被风吹跑了。屋顶上的风很大。”说完他就把箭搭在了弓上，他的脸上又闪现出索菲走在绳索上的时候看到的那种侧耳倾听的神情。那副神情就像一扇门一样把她完全挡在了外面。马蒂奥转了过去，背对着索菲。他们之前所在的那个屋顶的烟囱上落着三只鸽子，突然马蒂奥的手臂“啪”的一声往后一甩，一支箭呼啸着飞了出去，最终扎在了中间那只鸽子的脖子上。

另外两只鸽子惊恐地尖叫着飞走了。

“有条件的话，就永远瞄准中间那只鸽子。这样你射中的机会就大一些。而且要迎着风瞄准。”马蒂奥没有理会索菲一脸的震惊。

马蒂奥慢悠悠地朝着屋顶的边沿跑了过去，蹲在那里凝视着外面，然后一头栽了下去。索菲看着，肯定他要完蛋了，可是就在最后一刻他紧紧地抓住了绳子，摆动着身体，倒换着双手朝着对面的屋顶而去。到了地方他把自己拉了上去，把鸽子塞进了衬衫的前胸里（索菲心想原来那一块块红斑是这么来的），在夜空里又荡了回来。一来一去总共不到两分钟的时间。

马蒂奥把鸽子丢在了索菲的脚边。“我就是这样逮鸽子的，”他说。他在头发上蹭了蹭满是伤口的手掌。“我从没说过我是个好人。”他说。

索菲竭力摆出一副毫不在意的神情。“需要我帮你拔毛吗？”她说。

“不。”

“为什么不？求求你了。”

“你不能帮忙。你得动手干活。咱们又不是在聚餐。”

幸运的是索菲在书里读到过如何给鸟拔毛。从脖子下手，倒着拔。她说：“我没养过鸽子。”她拔掉了一把羽毛。鸟儿的皮肤如同老人的皮肤，她强忍着没有退缩。“它吃起来什么味道？”她努力让自己的动作利索一些。

“就像熏鸡，绝对美味。不过，咱们不应该说话。”马蒂奥说。

“噢！对不起。有人会听到吗？”

“不会。这么高的地方不会有人听到。可是，你不是应该专心听音乐吗？”

马蒂奥处理了一番，把鸽子串在钎子上的时候索菲一直聆听着。他说得没错，站在或者蹲在屋顶的不同地方，她能断断续续地听到半英里之外的音乐和人们的谈话。

她半蹲着在屋顶上转来转去，听着随风飘来的声响。她听到了一场争吵，中间充满了肯定是法语里的脏话的言辞，还听到了酒鬼的歌声，还有一条狂吠不止的狗。不过，基本上都是夜晚的静谧，还有夜莺的歌声。

“索菲！”马蒂奥喊了一声，把索菲吓了一跳。

“哎！怎么了？你听到什么了？”

“没有。饭好了。”

马蒂奥在就餐时的举止绝对没法获奖。他用后牙撕开鸽子，好大一片牙龈都露了出来，吃的时候大张着嘴巴。索菲想要如法炮制，可是鸽子肉上的肥油太烫了，她的上颚被烫掉了一层皮。

她环顾了一圈，打量着马蒂奥那几小堆财产。“马蒂奥，你有叉子吗？”

“没有。干吗？”

“你不需要叉子吗？”

“我有手指头，不是吗？还有牙齿。”

“你不会把自己烫着吗？”

“从来不会。”马蒂奥把手伸给了索菲，“瞧见了没？隔热的。”他的手掌和指尖上都结着厚厚的茧子，“我不会被烫着的。”

“我想用叉子。真抱歉，只是我的指头起了水泡。”索菲说，她还要用手指拉琴呢，“你有水吗？”

“喝的，还是给手指头用的？”

“都要。”

“让我瞧瞧。”他抓过索菲的手，“你的手太软了。”说完他就往自己的手指上吐了点儿唾沫，然后把唾沫轻轻地擦在了索菲的指头上。

“继续往手上吐唾沫，会管用的，”他说，“给你，这是喝的水。”他递给索菲一个罐头盒，里面装了半盒水，“是雨水。我可不能把它浪费在治疗烫伤上。别喝光啊。”

索菲一小口一小口地抿着。罐子里的水带着一股锈味，不过还不算太糟糕。

“好啦，待在这里。我来给你做一把叉子。”马蒂奥说。

马蒂奥取出一根鸽子骨。“把水壶递过来。”他说。显然开水对他不是问题，他将骨头在水壶里蘸了蘸，又往骨头上撒了一撮煤烟，然后使劲儿地擦洗着骨头。

“煤烟就相当于肥皂。”他说。

“是吗？”索菲看着他的脸，因为泥垢的缘故而显得黑乎乎的，“你确定你不想用一下……呃，肥皂吗？”

“等着瞧。”他继续使劲儿地擦着，“我说得不会有错。”他的确没说错。很快两根骨头就变得白森森的。接着他又从自己的口袋里掏出了一根细绳子。

“你看，细绳子可是唯一绝对绝对不会让人感到无聊的东西。细绳子，还有鸟。”

马蒂奥将叉骨绑在了腿骨的顶端，一边绑一边数了八下。“叉子！你瞧！”他说。

第 十 九 章

chapter nineteen

屋顶侠

第二天索菲几乎一整天都在呼呼大睡，在自己的床上醒来时发现外面正下着雨。到了晚上雨势变成了暴雨。她数着闪电和雷声之间的间隔时间，“一秒，两秒……”然后就雷声轰鸣。她不敢去屋顶上。接下来的一天也好不到哪里去。查尔斯穿着一件明显小了一号的借来的雨衣，拖着沉重的脚步出门去找律师了。

“要是你让我用你房间的窗户的话，我就会监视外面的一举一动。早点回来，好吗？不要被别人盯上。”索菲对查尔斯说。她轻轻地摸着他的衣袖。他的袖子短了一寸。

“不会的。而你呢，索菲，千万别出这个房间，除非迫不得已的情况。需要上厕所的话，你就用夜壶。我可不希望其他客人看到你。”查尔斯说。

于是，一整天索菲就坐在查尔斯的窗户边，膝盖上放着一杯热可可。她一直监视着外面，看有没有警察，有没有大提琴手。几乎没什么人从窗前经过，仅有的那么几个人也都躲在了伞底下。索菲竖起耳朵，拼命捕捉大提琴的乐声，到最后她的脑袋都开始轰鸣，她听到每一架马车背后都响起了安魂曲。每过几分钟她就在心里祈祷一次，希望得到命运的眷顾。

那杯热可可结起了一层皮，后来就冷了下来。索菲没有留意。雨一直没有停。

等她去睡觉的时候，雨已经变成了倾盆大雨。不过，后来她又醒了，听到两点的钟声响起来了，暴雨慢慢地变成了毛毛细雨。一朵又一朵云飘过了月亮，月光在房间里忽隐忽现，就像是莫尔斯电码一样。

索菲推开被子，一下蹦了起来。她感到自己就如同在白天里那样清醒。她穿上长袜，又在袜子外面套上裤子，穿上两件针织衫。她将袜子的趾尖部分剪开，把袜子卷了起来，让脚趾头露在外面，然后就爬出了天窗。她没有把窗户关上，雨水滴滴答答地落在了床上。

马蒂奥盘腿坐在自己的火堆旁，背靠着最大的一根烟囱。他的一只手拿着一把小刀，另一只手里拿着一样粉红色的东西。那个东西看上去很像是一只小老鼠。索菲吹了一声口哨，马蒂奥就将那个不知道是什么的东西丢进了余火中，跑过来接她走过了绳子。

当他们来到火堆跟前的时候，那只小动物冒起了烟。马蒂奥骂骂咧咧地嘟囔了几句。

“哎呀，老鼠本来就不好吃，烤煳的老鼠就更令人作呕了。”

“老鼠什么味道？”

马蒂奥坐了下来，拉着索菲坐在了他的身边。“坐下。我还以为下雨天你不来了呢。就像……刺猬。”

“我也从没吃过刺猬。”

“你吃过兔子吗？”马蒂奥将一个麻袋扔到了索菲的膝盖上，然后扯了一条麻袋裹在了自己的肩膀上。

“吃过，我吃过兔子。”麻袋湿漉漉的，不过索菲什么也没有说。她看得出马蒂奥身上的麻袋更湿。

“嗯，老鼠不像兔子，不过也不是完全不像。给你，你可以尝尝。”

索菲接过老鼠，闻了闻。那股气味可不太令人兴奋。

马蒂奥说：“不过，还是给我留点儿吧。留一大半。我比你大。”

“这是早饭？”索菲问，“还是……晚饭？”

“是午饭。我一醒来就吃过早饭了。就算是吧。”

“那是什么时候？”索菲一小口一小口地啃着老鼠的大腿。老鼠肉带着一股木炭和马尾巴的味道。她费劲地把肉咽了下去。“还……不赖。不过，给你吧。这是你的。”她说。

“我不知道。日落的时候吧。也就是说，九点左右。”马蒂奥用牙齿撕扯着老鼠，“早上五点的时候我吃晚饭。要是有的话。”

“怎么会没有？”

马蒂奥耸了耸肩。“已经一个星期找不到什么吃的了。”凑近看，索菲才发现他的脸紧绷瘦削。他接着又说：“我累了。也许你最好还是不要待太久。”

“真抱歉！”索菲暗暗地咒骂着，“我应该想到带点儿吃的来。”她忘了马蒂奥也许正饿着肚子。“我没有想到。可是，马蒂奥，让我待在这里吧。我得待在上面听着。”她的皮肤变得滚烫起来，一想到母亲她就会变成这样，“求求你了。”

“好吧。”马蒂奥一下躺倒下来，凝望着星星，“不过，我饿得说不了话了。”

“为什么这个星期不如平时？”

“为什么？”马蒂奥半坐起来，难以置信地看着索菲，“雨！雨啊，这不是明摆着的吗？”

索菲也躺了下来，跟马蒂奥之间隔开一点儿。在月光下，马蒂奥的脸庞覆盖着陈雪的颜色。“雨会让你更难找到吃的？”她问。

“是的。鸟都飞走了，躲到车站去了。雨让大家到了晚上就把窗户都关上了。你从窗台上什么都捡不到了。”

“那你能吃什么？”

“星期二的时候是海鸥。被暴雨刮过来的。当时已经半死不活了。早饭的时候吃了一只蓝冠山雀。对此我很遗憾，我非常喜欢它们——我是说活着的。其实我不是特别愿意吃它们。而且它们身上的肉也不够吃，都不值当给它们拔毛。”

索菲情不自禁地感到惊叹。“就这些？三天里就吃这些？”

“是的。也可以说不是的——星期天我还吃了一根拐棍糖。阿纳斯塔西娅和萨菲留在歌剧院旁边的那棵橡树上的，是留给我的。我想是留给我的。如果不是，那也不是我的问题。”

索菲翻了个身。“他们是谁？阿纳斯塔西娅和——后面一个名字是什么？”

马蒂奥的脸上一下子浮现出一片茫然。“谁也不是。你的口袋里有吃的吗？没准有点儿什么。”

“我想没有，”索菲在裤子里摸了摸，“没有。等等——我有葡萄干。其实我是给鸟带的，不过你最好还是吃了吧。”

“当然。我最好还是吃了吧。我饿了。反正鸟一旦吃了葡萄干，我就要吃了它们，所以只是省掉了一步而已。还有什么？”

索菲又往更深的地方扒拉了一会儿。她暗想口袋正是裤子强过裙子的原因。

“有！”她从口袋里拔出来黏糊糊的手，“给你——有一点儿巧克力。不过，可能已经有些日子了。化了，跟我的裤子糊在一起了。不过，我想它应该还行吧？”

“很好。给我。”

正如索菲预料的那样，马蒂奥没有把巧克力一股脑塞进嘴里。他拿起火堆上的锅，把巧克力放进了锅里。他用一根削好的棍子搅和着。“巧克力煮着吃最好。这样会让你感觉多了一些。”说完他用葡萄干蘸了蘸巧克力。“好啦。闻起来真香。”

熔化了的巧克力的香气在屋顶上飘散开，马蒂奥的身子舒展了几英寸。这天晚上，他还是第一次露出笑容。

“看看下次来的时候你能不能带更多吃的。吃饱了待在屋顶上就更容易了。”

出去找律师的查尔斯不太走运。

“律师不好找。谁都不想接手跟警察署长作对的官司。大部分律师似乎也就只有卫生纸那样的体面和勇气。不过，亲爱的，咱们会找到的。”他说。他们吃着早餐，查尔斯在羊角面包上抹了半罐果酱，然后把面包在咖啡里蘸了蘸。“天哪！你不吃吗？”他说。

“我想留到晚点儿的时候再吃。”索菲把羊角面包转移到了自己的膝盖上，接着又放进了口袋里。

“你不饿吗？”

“不饿，谢谢你。我吃饱了。”

查尔斯停了下来。“真的？”他的眉毛挑了上去，“你已经把面包卷藏到了口袋里。要是我没有弄错的话，你的袜子里还装了一个苹果。你吃什么了就吃饱了？”

索菲所有的念头不可避免地坍塌了。“我吃饼干吃饱了。”她说。

“早饭的时候？太不寻常了。”

“我想我是想看看把饼干当早饭会怎么样。”

“怎么样呢？”

“很好。我吃了好多。其实这会儿我都觉得有点儿反胃了。”她微微地站起身，“我可以走了吗？”

“不行。坐下，索菲。告诉我：你吃的是什么饼干？”

“巧克力夹心的。”

“中间软软的那种？”

“没错。”

查尔斯笑了笑。“你没有给我留几块？”

“对不起。太好吃了。”

“听上去当然很好吃了。至于这些好吃的巧克力夹心饼干——从哪里搞到的？”

“当然是从面包店了。”索菲冲着窗外，冲着面包店鲜艳的橙色遮阳篷扬了扬脑袋。可是太迟了，她看到遮阳篷已经收起来了，窗户里黑灯瞎火的。

“你可真机灵啊，”查尔斯的眉毛竖了起来，表情透着一股讥讽的意味，“面包店星期天不开门啊，索菲。”

“我知道。我是昨天去买的。”

“星期六也不开门。”

真可恶，索菲暗想。她的腋下感到一阵刺痛，她的脸上开始冒汗了。她痛恨撒谎，也不确定自己是否擅长撒谎，她觉得其实自己不太在行。“哦，没错！我知道的，我只是忘记了。我是说，星期五。”

“你付钱的时候用的是……什么钱？据我所知，你没有法国的钱。”

没有什么好说的了，于是索菲没再吭声。

“你有什么事情要跟我说说吗？”

是的！索菲暗想。她想告诉他很多很多的事情，可是她觉得大人难以捉摸，就算最好的大人也不例外。你永远不会知道他们什么时候就会让你不要再做手头正在做的事情。她把手指插进了腰带里，心里在拼命地祈祷。

“没有。一点儿都没有。”她说。停顿了一下之后，她说：“我可以走了吗？”

“当然可以。”查尔斯的眉毛拧成了两个倒过来的“V”字，“索菲，你撒谎撒得真差劲。我可不会建议你去当演员。不过，只要你做的事情不算太违法，你有一些小秘密我也会为你感到开心的。”

“没有违法的事情。”她心想，也可以说，即便有些不合法，那些事情也不应该算是违法。

“那就继续保密吧，亲爱的。每个人都需要一些秘密。

秘密会让你变得坚强，还会让你变得狡猾。”查尔斯又等了片刻，不过索菲只是一个劲儿地盯着他坐的那把椅子的横档。他摆了摆手，示意索菲可以走了。“走吧。去对着镜子练一练撒谎吧。”

不过几分钟后，他又敲响了索菲的房门。

“索菲，你的秘密，是跟吃的有关的秘密吗？”

“哦！嗯，是的。算是吧。”

“跟你的母亲有关？”

“是的，我想是的。”她暗想但愿如此。她又开始不停地在心里祈祷起来。

“牵涉别的大人吗？”

“没有，”索菲说，“没有，没有大人。”

查尔斯似乎还想说点儿什么，不过他只是摇了摇头，说：“好吧。那就守好你的秘密吧。”

“谢谢你。”索菲说。

“可是，索菲？”查尔斯已经转了过去，索菲看不到他的脸。

“怎么了？”

“别伤害到自己，不然别怪我不客气。”

这天夜里索菲刷过了牙，胳膊下面夹着一本法语字典，回到楼上自己的房间，发现床上放着一包东西。

包裹上别着一张字条，是查尔斯的笔迹。上面写着："每个人都需要一些秘密，只是你得确保你的秘密是好秘密。"在字条的背面还有有一条备注："我这辈子还没有哪一次把香肠吃个尽兴。"

索菲抱起了包裹。包裹沉甸甸的，有的地方噼啪作响，最下面还有什么东西发出了叮叮当当的响动。她伸手就要打开包裹，又收住了手。若是和马蒂奥一起打开会更好吧。为了坚持在到达绳索前不打开包裹，她拿出了强大的意志力。

这天夜里没有月亮，马蒂奥坐在屋顶边缘，两条腿耷拉在外面，吹着口哨。

他喊了一声："瞧瞧我搞到什么了！"然后从绳子另一头跑了过来，跳到了这边的屋顶上，一把抓起了索菲的手。"快来看看！西红柿！我还从来没弄到过这么多西红柿呢。"

西红柿堆得几乎有索菲的膝盖那么高，上面还带着日落时落下的露水，每只西红柿都闪闪发光。索菲说："太棒了。"她真是这么想的：这些西红柿刚刚成熟，都长得又大又平，这种西红柿具有活力十足的味道。索菲抓起一个西红柿闻了闻。"你从哪儿搞到的？"她问道。

"我种……"

"你可别说是你种的，我是不会相信的。要想种出这样的西红柿，你就得有一间温室。"

"好吧。"马蒂奥显得有些不屑，他有点儿不服气，"我在一个窗台上找到的。第八区的一幢公寓楼。六楼。”

“也就是说你偷来的？”

“不是，是我拿来的。”

“有什么区别呢？”

“露天里的东西，就是允许获取的东西。这是捕猎准则。”

一想到艾略特小姐对于这种说法会做出的评价，索菲胡乱地哼了一声。她咧嘴笑了起来：“你准备用一百个西红柿做什么？”

“是三十四个，我数过了。”马蒂奥傲慢地说。他的注意力从西红柿转移开来。“袋子里装的什么？”

“我不知道。我想咱俩应该一起打开。”

“为什么？”

马蒂奥问了这个问题，可是索菲发现自己不知道该怎么解释，她觉得自己的脸上泛起了淡淡的红晕。她不禁在心里咒骂了一句。“你知道的。就跟圣诞节一样。”

“我不明白。圣诞节怎么了？”

“你知道的，就跟大家在圣诞节的时候一起拆开礼物一样。”

“我不知道。”马蒂奥说。他的神色有些烦躁，或许他怀疑索菲是在取笑他。他说：“我不明白你在说什么。”

“我觉得是吃的。是查尔斯给我的。”索菲说。

食物能够熄灭火气，其他任何东西都没有这种威力。马蒂奥的嘴巴拉长了，变成了微笑，几乎咧到了耳根。

“什么吃的？”他抓过包裹，用两只手捏了捏，“肉吗？”他把包裹举过了索菲的头顶，“没准我会据为己有。”

“还给我！”去抢包裹没有什么意义，不过索菲还是试了试。马蒂奥比她高出了一头呢。

“咱俩一起打开吧。”马蒂奥大度地说。等索菲靠近的时候他又一把将包裹抽了回去。“我先来。”

袋子里面装满了一包包用防油纸包起来的东西，马蒂奥把脸凑到了包裹上，闻了闻，拎起了最上面的一包东西。是一包面包卷，有四个，夹心的，上面还撒着一层面粉。面包还带着烤炉的余温，闻起来一股蓝天的味道。这几个面包抹着厚厚的黄油，有索菲的大拇指的第一节关节那么厚，一定是有人强烈要求抹上的。

“我以前常常想，要是爱有气味的话，那就应该是热面包的气味。”索菲说。

“什么？”马蒂奥已经吃了起来，“你在说什么？”一大块黄油挂在他的上嘴唇上。

“不用管了。”索菲说。既然马蒂奥看上去那么忙，索菲便打开了另一包东西，感觉黏糊糊的。

“肉！”马蒂奥说。他并没有抬头看一眼，仍旧低着头盯着两只手里的面包卷，不过听上去他非常肯定，透着一股子高兴劲儿。

“你怎么知道？”

“气味啊。”

马蒂奥说得没错。防油纸里露出一大堆厚厚的棕色的肉片。索菲不太认得这种肉，她把肉举到马蒂奥面前。“这是什么肉？你看得出来吗？”

马蒂奥抓起最大的一块，轻轻地在边上咬了一小口。“看不出。我从没吃过这种肉。不过挺好吃的。不是鸽子，也不是老鼠，这我是知道的。”

索菲也尝了尝。肉带着一股熏制和盐的味道，在夜晚的空气中，在屋顶上，感觉好极了。“我觉得是……鹿肉？我从来没吃过，不过在我的想象中鹿肉就是这样的。”

马蒂奥的脑袋已经扎进了包裹里，他的手拔了出来，手指攥着两只玻璃瓶。“这些呢？里面装的什么？”

“葡萄酒，也许吧。”瓶子冰过了，在温暖的空气中结着水滴。索菲把一只瓶子贴在了自己的脸颊上。“反正看起来像是葡萄酒。不过，查尔斯知道我不喜欢喝酒，除非是黑莓香槟。”

马蒂奥耸了耸肩。“我没喝过。”他闻了闻，气泡蹿到了他的鼻子上，他就像猫一样打了个喷嚏。

索菲哈哈大笑了起来。“我想是柠檬汽水。”

包裹最深处还放着半块巧克力蛋糕，夹心还没干，仍旧黏糊糊的。还有一个果酱罐，里面装满了奶油，和一大包用防油纸和报纸包着的东西。

“香肠！”马蒂奥喊了一声。那些香肠就跟索菲的手腕一样粗。

索菲数了数。“二十二根，每人十一根。”她说。

“天哪！”马蒂奥说。他继续用法语说了些什么。索菲听不懂后面的话，不过听上去那句话不适合再说一遍。“我爱你的监护人，不管他是什么人。”

“我知道！我也爱他。”索菲冲着火堆咧嘴笑了起来。她心想，能有多少人会送给你比你手指和脚趾数都多的香肠呢？“我觉得咱们应该把这些香肠一次性地全都做了。我觉得他是想要咱们这么做。”

“不。咱们应该留一些，以后吃。”马蒂奥说。

“可是你没有冰块啊，不是吗？要是你不做的话，它们就会坏掉。我都饿死了。快点儿吧，马蒂奥！”马蒂奥的左脸抽了一下，露出一抹很克制的笑容。索菲觉得这就表示马蒂奥同意了。“我可以煮西红柿汤。”她说。

“你知道怎么做西红柿汤？”马蒂奥说。

“知道，”索菲撒谎了，“至少我有把握做得成。”香肠里没有肥油，也没有脆骨，索菲戳了戳香肠，“咱们怎么做香肠呢？你有平底锅吗？”

“没有。不过我攒了一些风向标。”马蒂奥说。

索菲不知道是不是马蒂奥说的英语有些问题。“你攒了一些……风向标？”

“是啊。差不多有一打呢。”马蒂奥把手伸进了身后的一只麻袋里，然后拽出了一把又细又长的金属物件，他把那些东西扔到索菲的脚边。其中大多数都做得像箭，不过其中一支是船上的桅杆，还有一支是一只小鸡。这些风向标都被擦拭过了，在月光下闪烁着青铜色和银色的光芒。

“给你，”马蒂奥拿起三根香肠，把香肠穿在了最长的一根箭上，“你也串一些。”

“这些都是你从哪里找来的？”索菲问。

“当然是屋顶上。”

“这难道不是偷吗？”索菲在一根银箭上串了四根香肠，然后把这一串放在了火上。

“不，不是的。他们根本不用这些风向标。人们任凭它们生锈。而我在用它们。”

“可是他们的确会用到它们的。人们用它们……”

“做什么？”

索菲的思路被打乱了。“好吧，用它们判断风朝哪边刮，肯定的吧？”

“要是他们蠢到得用风向标才能知道风朝哪边刮的话，那他们就不配拥有风向标。”

“可是，要是谁都没有风向标的话，那你就一根都偷不到了。”

“找到的，不是偷到的。”马蒂奥往另一支长长的金属杆子上吐了口唾沫，又用衬衣轻轻地擦了擦，“反正，你要是想知道风向，那就去看看树！舔一舔你的指头，感觉一下风。或者拔一根头发，把它举到头顶上。”

香肠开始渗出清亮的油汁，没过几分钟就飘出了妙不可言的香气。

索菲用雨水冲洗了一下马蒂奥最大的一个罐子，从外形上看那个罐子就像一个小坩埚。罐子是黄铜做的，索菲用果酱罐轻轻地敲打它，它就发出了美妙低沉的隆隆声。“有削皮的东西吗？”

“没有。可是你不用给西红柿削皮啊。你以为是橙子啊。”

“我觉得烧汤的时候就得削皮。”索菲含糊地说，“没关系。应该没事的，对吧？”她留了两个西红柿，把其余的统统倒进了罐子。她给马蒂奥扔了一个过去，他们俩吃起了生西红柿。“我想咱们还是煮了吧。”她说。她这时才想起来，往罐子里倒了半杯雨水。接下来的半个钟头里西红柿被煮得烂糊糊的，表皮浮了上来。他们俩把西红柿皮都捞了出来，索菲用一根树枝，马蒂奥用的是自己的手指。一大群鸽子在看到面包屑之后就聚集在了他们身旁，他们把西红柿皮分给了鸽子。

“能把奶油递给我么？”索菲说。

“别用光！”递给索菲之前马蒂奥飞快地从罐子里嘬了一小口。

“不会的。”她把大部分奶油倒在了罐子里，不过留出的奶油足够配巧克力蛋糕吃了。还要往汤里加什么呢？她想。“有盐吗？”她问。

“我当然有盐了！索菲，我只是住在屋顶上的人，又不是野人。”马蒂奥把盐装在一个擦洗干净的花瓶里，花瓶被卷在一块正方形的蓝布里。他还有胡椒，就放在一块正方形的红布里。索菲认出那块布来自他俩头一回见面时马蒂奥穿的那条短裤。

“我不太喜欢胡椒。我只加点儿盐，如果没问题的话。你可以给你的汤里加点儿胡椒。”索菲说。

“好的。你其实喜欢胡椒，只是在英国你们吃的都是很差劲的胡椒。”马蒂奥说，“我知道的。我吃过一些英国人落下的东西。只加一点儿。”他从索菲的手里拿起胡椒，用两片瓦片压碎了，然后把胡椒倒在了罐子里。“相信我。”

索菲往汤里加了一点儿盐。汤的气味那么浓郁，她的鼻子翕动起来。

“我想汤已经好了。”她说。

他们背对着风肩并肩地坐在一起，喝着盛在罐头盒里的西红柿汤。汤的味道令索菲激动得难以自持，想开怀大笑起来。马蒂奥一口一根地吃着香肠。索菲则拿了四根香肠，把香肠夹在大片的鹿肉里。为了调味，她在香肠鹿肉三明治上浇了一点儿西红柿汤。他们两个人用手抓着三明治吃了起来。

索菲的头发被吹到了嘴里，她拿一根马蒂奥的弓弦把头发扎在了后脑勺上。她以前从来也没有过这么开心的时光。

他们一连吃掉了十四根香肠，当索菲停下来的时候，就连马蒂奥都放慢了速度。

“你听得到吗？”

“听……什……”马蒂奥的嘴巴里塞得满满的，“只是风啊。”

“不是风。”那个声音太尖利，太美妙了，不可能是风。“是音乐。是一把大提琴。听到低音部分了吗？”索菲把手里的食物放在了石板上，竖起耳朵聆听着。一首曲子跨过屋顶飘到了她的身旁。

索菲说：“是用双重节拍拉的福雷的《安魂曲》。”

索菲从屋顶上蹦了起来，一把将香肠丢进了火堆里。“是从那边传过来的！”她冲着屋顶另一头，她踮着脚站在屋顶的边沿，拼命地听着，心里暗想：是我的妈妈，我正在听我妈妈的演奏。这个念头令她激动极了。

“你听得到吗？”她屏气凝神地听着。音乐中断了，“天哪，马蒂奥啊，求求你了！快说你听到了！”

马蒂奥站在那里擦着嘴。“我听到了。”

“你觉得有多远？咱们现在能赶过去吗？走吧！咱们现在就走！走哪条路最快？”

“我不知道。”

“什么？你知道的！你说过整个巴黎你都知道！咱们得出

发了，就现在。”

“不行。”

“你在……听着，快点儿，走啊！走啊！”

“咱们不能一路跑过去啊。”

“可以的，咱们可以的！”

“停，索菲！听着——不管怎么说，音乐已经停了。”他脸色发白，“也许有好几里远。你也不确定声音是从哪里传来的。你不知道吗？声音在屋顶上会拐弯，会有回声，会误导人。”

“可是我听得出！是从那边传来的！”索菲指着巴黎的另一头，“那边！北边！火车站！”

马蒂奥没有看索菲。“我知道。”他说。

“那你干吗要说你不知道？咱们走吧。”

“我不去火车站。要是你想去，你就去吧。但我不能去。”

“可以的，你可以去的！我需要你！你必须去！”

“我不能去。那里的屋顶是别人的。”

“谁的？”

马蒂奥摇了摇头。“我没法跟你解释。”

“好吧，既然这样，咱们能去吗？”索菲可以听到她的心脏在轰隆作响。她已经听到了妈妈拉琴的声音。

“咱们可以去，不过今晚不行。如果你要去火车站，那咱们还得叫上其他人。”

“其他人？”这种神神秘秘的样子真让人恼火。索菲说：“谁？其他的什么人？”

马蒂奥叹了口气。“其他屋顶侠。”

“可是你说过没有其他人。”

“我知道。我骗你的。”说完马蒂奥转头看着索菲，他的目光能洞穿别人的灵魂，让你不知道该把自己的两只手放在哪里才好。“你说过你会游泳，是不是？”他说。

第 二 十 章

chapter twenty

树居人

两天后，索菲坐在杜乐丽花园里的一把长椅上，摆弄着自己的衣服。她的心就像蜂鸟的翅膀一样飞速地跳动着。马蒂奥叫她在黄昏的时候坐在这里等着。

“我把话放出去了。我发信号了。他们或许会来，或许不会。”他是这么说的。

“‘他们’是谁？”那时索菲看着他在一个平底锅里用水擦洗着蜗牛身上的泥巴，他说话时根本没有抬头看索菲一眼。索菲感到胸口越来越紧了。“我要等多久？”

“也许四个钟头。从黄昏开始。”

“四个钟头？”

“或者五个钟头，这样更靠谱。”

“五个！”

“等待是一种本事，你得去学才能会。”马蒂奥把洗干净的蜗牛肚皮朝天地放在火堆上。他摆好了一溜蜗牛，索菲数了数，总共有十一只。这些蜗牛的壳都带着斑斑点点的花纹，美得令索菲感到意外。马蒂奥说：“这就跟拉大提琴一样。”

“不，不一样。”

“学会等待对你有好处。”

“我该怎么跟查尔斯说？他不让我上街。我会被捕的。”一想到“被捕”这个字眼，索菲就感到一阵寒意。

“说什么都行，或者什么也不用说，或者你想怎么说就怎么说。跟他扯个谎。没关系的。很快天就黑了。”索菲心想，这事关重大，并不是没关系。可是马蒂奥是一个屋顶侠，他从来不知道迫不得已要对最爱你的人撒谎是怎样一种感受。

索菲打定主意对查尔斯闭口不谈这件事情，无论如何这都比撒谎强，而且她可以在头发上扎一条围巾。她心想，他们找的是我的头发。她或许还可以在衣服里塞点儿东西，这样她就显得更胖一些，或者摆出一副有气无力的样子，这样她就能显得更矮一些。尽管如此，出门等人的念头还是令她恐惧得感到了一阵疼痛。

索菲说：“你就不能陪我一起去吗？”

从马蒂奥望着她的神情来看，似乎是索菲让他去吃没有拔毛的鸽子。“我不去街上。永远不会去。”

“那么，我们就不能在我的屋顶上见面吗？或者在你的屋顶上？不然我或许会迷路的。或者被抓住的。求求你了，马蒂奥。这里的警察看起来太冷酷了。”索菲说。

“不行。他们不太喜欢屋顶。他们喜欢开阔的地方。”

“你什么意思？你说过他们也是屋顶侠啊。”

“是的，算是吧。”

“你怎么就不能解释一下呢？”

马蒂奥耸了耸肩，把蜗牛丢进了一锅沸腾的肉汤里。“你说不准谁会告发你，看上去最安全可靠的人往往是最坏的。”

“你觉得我会去告发你？”

马蒂奥做了一个鬼脸。“会没事的。你会明白的。”

索菲在那里坐了一个小时。离开旅馆并不容易，她一直待在自己的房间里，直到黄昏的时候她才爬上屋顶，然后又顺着排水管爬了下去。

她在查尔斯的房间的门底下留了一张字条：

早早就去睡了。不要叫醒我。

爱你的索菲

一想到他发现她不见了，索菲就感到很不安。每次一有穿着制服的人经过，她都会蹦起来，咬到自己嘴里的肉。

索菲朝四处打量着，好让自己忘掉警察的事情。随着天色黑下来，公园里的人越来越少，也没有多少可看的东西。

只有花坛，可是除非允许摘花，否则花坛也很无聊，还有麻雀。索菲身旁的长椅上有一个奶酪卷，这就是她的晚饭。她掰下来一角，丢给了麻雀。这时，她的身后响起了一个声音。

“不管用的。那些麻雀只吃羊角面包。”

索菲嗖地一下转过身子。

一个女孩坐在长椅的靠背上，两只脚踩在座位上。她的一头金发距离索菲的脸只有几英寸的距离，可是索菲竟然没有听到一丝声响，没有听到咔哒声，没有听到鸽子的耳语声。

“你……你怎么做到的？太不可思议了。”

女孩咧嘴笑了起来：“你也晚上好。你一定就是索菲吧。”她从椅背上滑了下来，坐在了索菲的身边，“这一带的鸟被彻底宠坏了。有一只鸽子，它就只吃巧克力面包。”她把索菲手中的面包拿了过去，但没有把面包喂给鸽子，而是一口咬了下去，“噢，太好吃了。噢，天哪！我已经好几个星期没吃过面包了。”

“已经不新鲜了。”索菲想不出更好的话可说。

女孩耸了耸肩，把面包舔湿了。“不新鲜就表示老了，对吧？老的东西都有智慧。有智慧的面包。这是萨菲，我的妹妹。萨菲，说晚上好。”

索菲蹦起来足有半英寸高。一个深色头发的女孩懒洋洋地靠在长椅上，一声不吭。

索菲说：“你一点动静都没有！你是怎么做到的？”

之前的那个女孩耸了耸肩。“多练练就行了。”

深色头发的女孩走过来，坐在了长椅上，几乎是蜷缩在她姐姐的大腿上。这时钟声响起来了，一个男人开始一盏接一盏地点亮街灯。索菲终于能看清楚她们了。

两个女孩都又小又脏，金发的女孩穿着一条棉布裙子，裙子是青褐色的，不过从上面的缝线看，索菲估计裙子以前应该是白色的。看上去就像是有人故意给它抹上了绿色的污迹。一只甲虫死死地粘在裙摆上。但不知道为什么，这个女孩让它看起来却像是最华美的中国绸缎。

“我是阿纳斯塔西娅。”她说。索菲暗想她的口音有些古怪，她说的是法语，可是元音带着一种古怪的鼻音。女孩伸开双臂，仿佛她拥有这里似的，“欢迎来到巴黎。”

“谢谢你。我是索菲。”

“是的。我们已经证实了。”阿纳斯塔西娅说。她把手搭在妹妹的胳膊上，“萨菲也说欢迎你。”深色头发的女孩有着一副见多识广、对一切都无所谓的人才有的那种面孔。她穿着一件男童衬衣，一条男式长裤，裤子拉到裤腰上，腰里扎着一根打了个结的卷尺。她一侧的脸颊上沾着一些黏糊糊的东西，可能是血，也可能不是。不过，掩盖在污迹下面的是一张和金发女孩一样美丽的脸。索菲嫉妒地皱了皱眉头。

金发女孩露出了笑容。“马蒂奥说过要想认出你不难。他说找带着烛光色的眼睛就行了。”

“马蒂奥跟你说的？”

“当然了。不然还有谁？”

索菲眯起眼睛。“他用什么方法告诉你的？”

“我们发信号。用蜡烛。你知道的，莫尔斯电码，你们是这么叫的吧？嘘,就一秒钟。”她上上下下地打量了索菲一番，然后从椅子上跳了下来，转到背后，又从后面打量着索菲。自始至终看不出她会担心这么做过于失礼。索菲竭力不露出任何表情。

女孩说：“你跟他说的几乎一样。他讲了很多你的事情。”

另一个女孩扬了扬眉毛，还是一言不发。

索菲莫名其妙地涨红了脸。“他是怎么说我的？”

女孩摇了摇头。“这是秘密。”

索菲蹙起了眉头。她感到自己傻乎乎的,恼怒地看着地上。

阿纳斯塔西娅说：“全都是有意思的事情，大部分都是好话。”另一个女孩点了点头，沉默得更加坚决了。索菲使劲儿挤出一丝笑容。

阿纳斯塔西娅说：“萨菲想让你知道，见到你令她非常激动。”

索菲心想萨菲掩饰得可真好，不过她只说了句:“为什么？”

“马蒂奥通常不喜欢什么人。所以，当他喜欢什么人的时候，那可就出大事了。”

索菲的脸变得滚烫起来。她低下头，把脸藏在头发后面，努力地琢磨着一些话题。“能问你一些事情吗？你是法国人，对吧？”

“当然了。”阿纳斯塔西娅说，萨菲狠狠地拍了拍自己的胸口。阿纳斯塔西娅说：“法国万岁！”她说的是法语。

“那么，是谁教你们讲英语的？”

“美国游客。”

“真的？”这个回答出乎索菲的意料，“哦，他们可真不错。”

“他们并不知道自己在教我们说英语，但是他们在公园的咖啡馆里，坐在长椅上吃东西，聊啊聊的，聊个没完。”

“你就坐在他们附近的椅子上？”

“不！当然不是！那样的话公园管理员就会认出我们。我们坐在树上。他们绝对看不到我们，美国人的眼睛不太好使。”

“是吗？”索菲还从来没碰到过美国人。

“反正大人们都不行。小孩们的眼睛都很尖。你得当心小孩子。我们还会说俄语，还有意大利语，要不就是西班牙语。我们不确定是哪一种，反正我们就是会说。马蒂奥会说德语，不过实际上没有他装得那么好。”

“你俩是姐妹？”

“是的。我觉得萨菲小一些。至少我觉得我还记得她不在我身边的日子，可是她就不记得没有我的世界。所以喽——”阿纳斯塔西娅说。

在索菲看来，这似乎太不同寻常。“你觉得萨菲小一些？

难道你不知道自己多大了吗？”

阿纳斯塔西娅说耸了耸肩。“不知道。我们不记得还有过妈妈。马蒂奥也不记得。他一直说自己十四岁了，可是他忘了每年年龄都在增长。”她又上上下下地打量了一番索菲，她的神情中透着一股直率，在老家那些女孩的脸上还从来没看到过。她似乎无所畏惧。“你多大了？咱俩差不多一样高，是不是？”

索菲摇了摇头。“不能这样猜年龄。对我这个年纪来说我长得有些高。在我看来你似乎有十三岁。”

“不错。我就要十三岁了。萨菲能有……你觉得多少岁？”

“十一岁，或许十岁？”

“假设就十岁吧。我喜欢自己比她更大一点儿。”阿纳斯塔西娅说。她向下抚平了自己的裙子，看起来就像一位参加生日宴会的公主，而不是指甲里堆积着厚厚一层水藻的什么人。“请原谅我的裙子。以前它是白色的织锦，特别好，我在一个垃圾箱里找到的。在巴黎,人们扔掉的东西太多了。可是，你不能穿白色的衣服，要是你想保证安全的话。所以我们就把所有的东西都用……哎呀，那个词是怎说的？”

“用颜料？用草？”

“有一种绿色的粉末，用来涂在树上的，就像给树擦的粉一样，你知道吗？”

“知道！我知道你说的是什么！其实还有白色的，涂在柳树上。查尔斯——我的监护人——管这种东西叫野生颜料。我不知道它真正的名字。”索菲向下看了看自己身上的衣服，奶油色的针织衫，“这个没问题吧？”

“裤子，没问题。上衣嘛……”女孩耸了耸肩，“不行，不怎么好。白色，还有黄色——到了晚上这些颜色都是最容易被看见的。还有奶白色和粉红色，这些颜色就好像是你身上挂着的一块牌子——‘朝我这里看！’这些颜色都是给想要吸引大家注意的人用的。”

索菲不同意这种说法，她的奶白色针织衫非常朴素，是她自己织的，很厚实，针脚有些粗。她从没想过有人穿上这样的衣服是为了吸引别人的注意力。她不服气地把两只手臂抱在了胸前。

阿纳斯塔西娅哈哈大笑了起来。“这件套头衫很好，你犯不着恼火。不过，要是你不想被逮住的话，那你就绝对不能让别人太注意你——你明白吗？”她的英语似乎有些结巴。“作为交换，我们有天空。你明白吗，你听懂了吗？”

索菲有些含糊地点了点头。“是的。或者，算是吧。”阿纳斯塔西娅目不转睛地看着她。“你还是不太明白。”索菲咧开嘴笑了笑，说：“我不明白你们怎么会有天空呢。”

“跟其他人相比，天空更是归我们所有。”马蒂奥说到屋顶的时候也说过这样的话。

索菲说：“怎么会呢？怎么就归你们了？”

萨菲轻轻地拍了拍索菲的胳膊肘，摸着索菲的胳膊，指着云彩。

阿纳斯塔西娅笑了笑。“她是在说，因为我们住的比其他任何人都更接近天空。她是在说，抬头看。”

索菲循着女孩伸出的手指看了过去，公园最高的那棵大树比周围所有建筑都要高，在那棵大树最上面的树叶间挂着两张灰棕色的吊床。索菲用手挡住落日的光线。那两张吊床看起来有可能是用麻袋布做成的，要是别人不指给她的话，她根本发现不了它们。

“它们是用一艘船的船帆做成的，在河里顺流而下被冲上了岸。以前我们用的都是一个被烧毁的剧院的帷幕，不过船帆更好一些。帆布非常结实，尤其是缝成双层的时候。我们用墨鱼的墨汁给它染了色。”阿纳斯塔西娅说。她的脸上闪现出骄傲的光芒，她完全就像是在向索菲展示乡下的一大片庄园。“我们用麻袋当毯子。只需要六七个麻袋就完全能保暖了。夏天的时候用不上毯子，我们就把麻袋藏在歌剧院的屋顶上，这样就不会被偷走了。”

“谁会偷麻袋呢？”

阿纳斯塔西娅看起来很震惊。“好多人呢，我就会。麻袋可珍贵了。”

吊床在微风中微微摇晃着，看起来舒服极了。索菲的心里一阵羡慕。

阿纳斯塔西娅说："你瞧，马蒂奥是一个住在屋顶上的男孩，我们却更善于住在树上。我们被叫做树居人。还有一些男孩住在火车站的屋顶上，在法语里铁路叫 gare，所以我们管他们叫 gariers（铁路人）。"她板起了面孔，"铁路人都……不好，明白吗？很坏。他们偷，他们骗，他们砸。"

"砸什么？"

"砸人。有时候互相攻击。攻击过马蒂奥一次。不过他们仍然是天空行者。"

"仍然是什么？"

"英语不是这样说的吗？呃……空中飞人。是空中飞人。我们管住在外面，但并非无家可归的孩子们叫这个。不是大街上的那些，那些只是流浪儿童，他们都是废物。大街永远不是家，因为其他人都在使用大街，一直在用。你的家必须是你私人的。大树就是我们的家，萨菲和我。天空行者，明白了吗？"

"可是，你们为什么要这么做？我的意思是，你们的吊床看上去很可爱——可是你们不会被淋湿吗？不饿吗？你们怎么刷牙洗脸？还有……厕所呢？一定很困难吧。"

阿纳斯塔西娅的视线从索菲的眼睛挪到了头顶上方，她脸上的那两扇百叶窗合住了。"我们乐意。谁都没法把你困在树上。"

索菲不笨，她改变了话题。"那么——咱们出发之前我要不要把针织衫弄脏？”

萨菲抬头瞟了一眼太阳，然后摇了摇头。她向自己的胸口比划了一下，阿纳斯塔西娅点了点头。

“萨菲是说不用。她说没时间了，要是你想跟我们一起去，你可以穿她的另一件套头衫。她那件套头衫放在了拿破仑塑像旁边的那棵橡树上。”

“那棵橡树？”那棵树的树干巨大无比，靠近地面的六英尺树干宽得就像一个巨人，“她能爬到那棵树上去？”

“能。我俩都能。我在雪松上的一个洞里放了一条围巾和一副手套。我们把东西都分散开，所有的空中飞人都这么做。这样一来，要是丢了一样东西，你还有其他的东西。”她又看了看索菲身上穿的针织衫，“萨菲的套头衫是灰色的。灰色会更好一些。咱们要去的地方就是灰蒙蒙的。”

“谢谢你，”索菲说，她将信将疑地看着萨菲脸上的污迹，“你确定吗？我的意思是，你太好了。”

“萨菲现在就去拿。”两个女孩似乎在等什么。阿纳斯塔西娅又说：“作为交换，你得把你的针织衫给她。”

“噢！”索菲满脸通红，随即开始脱衣服。“当然了，是的。”她说。她的声音在毛衣下有些听不清。“对不起。”

萨菲把索菲的针织衫夹在胳膊下面跑掉了。索菲鼓起勇气问了一个问题：“她会说话吗？”

“当然了，有时候会说。不过，旁边有其他人的时候她就不说了。”

索菲竭力让自己做出一副了然的样子。“她一直这样吗？”

阿纳斯塔西娅看起来仿佛是在判定自己是否受到了侮辱。然后她说：“我们——天空行者——我们各有不同。我想人会变得越来越奇怪，即便一开始并不奇怪。”

这个解释在索菲听来不难理解，她以前也考虑过这个问题。“其实我想所有人身上一开始都有些奇怪的东西，只是，就看你是否决定保留这些东西。”

“或许吧。没错，我信。”

她们看着萨菲朝四下里打量了一下，然后就爬上了那棵橡树。那棵树没有低处的树枝，但是，萨菲用膝盖夹牢，用手指扣紧。不到十秒钟的工夫她就消失在树叶间。

这些意外的发现令索菲感到有些晕眩。“她是怎么做到的？”

“练习呗。”阿纳斯塔西娅说。

太阳已经几乎完全沉下去了。索菲抱着自己的膝盖，瑟瑟发抖。日落时分似乎是提问的好机会。“阿纳斯塔西娅？我为什么得穿灰色的套头衫？咱们要上哪儿去？”她问道。

“马蒂奥没跟你说吗？”

“没有。他跟我说的不太多。他很难捉摸。”

“哈，我知道的！萨菲也是这样。像猫，对吧？咱们要去拜访别人。一个打架高手。要想去火车站咱们就得多几个人，明白吗？”

“他们……这个人住在河里？”

“为什么？”

“马蒂奥问过我会不会游泳。”

“哈！咱们要去见的这个人不会游泳，他总是想要钱。”

“咱们去哪儿找钱呢？这和他不会游泳有什么关系？”

“你会明白的。我想马蒂奥不希望我跟你说。”

“他是乞丐吗，这个要钱的人？我看到街上的流浪儿童就在乞讨。”

“当然不是！”阿纳斯塔西娅怒不可遏地瞪着索菲，朝椅子另一头挪过去几寸，“我跟你说过了，我们不是流浪儿童。乞讨很无聊，很愚蠢，很危险。我们自己买吃的，就跟普通人一样。只不过大部分都是到了晚上从小摊上买，因为……”她举起两只手，那双手上结着厚厚的茧子，“我的手让别人很难忘掉，你明白吗？让人记住是很危险的，可是我需要这样的手爬来爬去，茧子就像是手套，而且萨菲又不愿意接近小摊贩。”

“为什么不愿意？小摊贩怎么了？”

“Rien。我是说，没什么。”阿纳斯塔西娅耸了耸肩，“萨菲就像马蒂奥，她不喜欢自己的生活中出现太多人。她更喜欢只有她和我的日子。”

索菲知道那种感觉，可是她还没来得及作答，有人就在她的肩膀上轻轻地拍了拍。萨菲站在她的身后，怀里紧紧地抱着一件破破烂烂的灰衣服。

“别再这样了！”索菲叫起来，“我把舌头都给咬了。”

阿纳斯塔西娅哈哈大笑起来，就连萨菲的嘴角也都抽动了两下。

“咱们走吧。马蒂奥到时候会在那里跟咱们碰头，天黑后半个小时。等咱们赶过去天就应该黑了。”阿纳斯塔西娅说。

“咱们要上哪儿去？”

“不远。圣芭芭拉。一座桥，”她抓起索菲的手，“你会喜欢那座桥的。它很漂亮，事实上，就跟你一样。”

第 二 十 一 章

chapter twenty-one

筛河

圣芭芭拉大桥的确很美，尽管它跟索菲没有多少相似之处，至少索菲看不出来。桥修得很好，栏杆刷成了金色，每根栏杆上都落着鸽子。

她们三个人跑下了石阶，来到桥底下休息。哪里都看不到马蒂奥的身影。

“他说他会在这里等着吗？你们看得到他吗？”索菲问。

“他应该就在这儿的什么地方。”阿纳斯塔西娅说。她吹起了口哨，吹得不太好，当初马蒂奥在绳索上就吹过这样的口哨。她们等待着。马蒂奥依然不见踪影。

“你试试。他说过你吹口哨吹得很棒。”阿纳斯塔西娅说。

索菲努力回忆着以前吹口哨时嘴唇撅起来的样子。她吹了一声，接着又吹了一声，这一声更嘹亮，也更尖利。

“再吹。”阿纳斯塔西娅说。

索菲不停地吹着，直到嘴唇嗡鸣，耳朵发疼。就在她打算放弃的时候突然砰地响了一声，马蒂奥出现了，沿着桥上的栏杆飞快地走了过来。

“晚上好！”他坐在栏杆上，冲着桥下的她们三个人喊道，“准备好了吗？”

“准备什么？你干吗还不告诉我？”索菲压低嗓音质问道，“小声点儿，不能让别人看到我。”

“我想要是我跟你说了，你或许就不来了。把鞋脱了。”

“我为什么会不来？”索菲弯下腰去解鞋带。

“因为水太凉了，”马蒂奥面不改色地说，“这就像是长着冻疮游泳一样。咱们要去筛河。”

“筛河？”索菲停住了，手里抓着一只鞋。

“潜水捞硬币。如果我真的需要钱的话，我就会去桥下面收集硬币。有时候还能找到结婚戒指呢，人们丢到河里的结婚戒指，我不知道为什么……”他耸了耸肩，“不过，有时候你可以把戒指卖掉。”

“可是那些硬币都是人们用来许愿的！你们这是在偷别人的心愿！”

马蒂奥看她的眼神那么冷酷，令她感到齿寒。“要是你有钱能浪费在许愿这种事情上，那你对愿望的需要就不如我对钱的需要那么迫切。”他在栏杆上站起身，踮起脚尖，以一个完美无瑕的跳水姿势消失在了河水中。

索菲站在桥边等着。将近两分钟后，马蒂奥的脑袋才露出水面。他游到岸边，将一把铜板丢在了索菲的脚边。

“你说过你会游泳？萨菲和阿纳斯塔西娅不会——不太会。”他说。

“我会，没错。要是我早知道你干吗要问这个问题的话，那我就不告诉你了。”索菲蹲在了水边。河水泛着午夜的蓝色，河面上闪烁着点点星光，看起来那么神秘。索菲俯下身子，直到在水面上看到了自己的倒影。她看上去也同样那么神秘，而且比自己预想的要漂亮。她用一根手指在水里蘸了蘸。“天哪，马蒂奥！”河水冰冷，她的脚趾蜷在一起，以示抗议。

“那就快点儿吧。有好多呢。要是把它们留在这儿，铁路人就会拿走。”马蒂奥说。等索菲朝河边跑去的时候他又严厉地呵斥了一声：“先把另一只鞋脱掉。还有，别出声。”

“我正要脱！”索菲把鞋、外裤和套头衫全都脱掉了，把衣物放在桥底下的一个角落里，不过身上仍旧穿着内裤和背心。她瞪了马蒂奥一眼，然后一个猛子扎进了水中。她心想，尽管溅起了一点儿水花，不过动作还是很漂亮。

“噢。冻死人了！”索菲倒抽了一口气，在突然被河水俘获的一刹那她恶心得直想吐。她吐了一大口。

“你听上去就像是一头水牛，”马蒂奥一边说，一边踩着水，“到这边来。潮水把大部分硬币都带到了左边——过来。别停下，不然你的心脏就不跳了。”

马蒂奥又扎进了水中，索菲等在那里。她不停地踹着已经冻僵的双脚，直到马蒂奥再次浮出水面。

“马蒂奥！听我说。除非你跟我说一说，否则我是不会帮你的。”索菲说。

“什么？索菲，我在水里都快要被冻成冰块了。这会儿可不是时候。”

“那些住在火车站的男孩。他们怎么了？”

马蒂奥耸了耸肩。一边踩着水，一边耸肩可不是一件容易的事情。“他们脏兮兮的。”他说。

索菲没有吭声，她强忍着不把目光投向站在岸上的那两个衣衫褴褛、浑身糊满泥巴的女孩。

马蒂奥看到了。索菲心想什么都逃不过马蒂奥的眼睛，太讨厌了。“脏东西也分好坏。铁路人就是坏的。”他对索菲说。

“那什么算是好的？”索菲说。

“不知道。”马蒂奥冲她皱了皱眉头，每当她问问题的时候他总是这样，“我不知道。哎呀，Je m'en fous。”

“他说他不知道，他也不在乎。”阿纳斯塔西娅喊了一声，她一定是在岸边一直听着他俩的谈话。“我估计好的脏东西就是泥土，还有屋顶上的尘土。”萨菲比划了一下，阿纳斯塔西娅又补充了一句："还有树上的尘土也是。"

马蒂奥说："还有沙砾，手在石桥最上头摸过去就能粘上一手。坏的脏东西就是干了的血。"

"还有下水道。天气不好的时候，烟囱灰也是。"

索菲已经对这一点有所体会。烟囱里的烟灰会腐蚀鼻孔。

"通常烟囱帽出来的烟不太糟糕，可是在没风而潮湿的天气，空气就会吸饱煤烟，糊得你满脸都是。"索菲早就注意到了这个问题，她还注意到马蒂奥擤鼻子的次数要比大多数人多得多；还有，在烟雾浓重的日子里鼻涕是黑色的。

"还有鸽子油。鸽子油也是坏的脏东西。"阿纳斯塔西娅说。

"不是的！"马蒂奥说。他转过身，从她们跟前游走了。"不是的，鸽子油是好的脏东西。"

阿纳斯塔西娅和索菲会意地看了一眼彼此。"一丁点儿没问题，或许吧。超过一丁点儿的话，你闻起来就像裂开的伤口一样。反正不单单只是脏东西的问题。他们可凶狠了，那些铁路人，他们就跟动物一样。"

索菲思索了一下，马蒂奥总是让她觉得他是某种动物，猫，要不就是狐狸。阿纳斯塔西娅和萨菲辗转腾挪起来就像猴子似的。"那样很不好吗？像动物一样？"

阿纳斯塔西娅说："他们就跟狗一样。你见过疯狗吗？

他们的眼神可凶恶了。”

“他们会……咬人？”索菲还以为那两个女孩会哈哈大笑起来，结果她们只是看着她，谁都没动，或者说谁都没笑。

最后，萨菲点了点头。马蒂奥突然在索菲的身边蹦出了水面，大口喘着气。他说：“没错。他们会咬人。快点儿啊，趁着我的牙齿还没有冻在一起。”

几乎没什么水流，游起来并不费力，只是河水有些混浊，在黑暗中几乎看不到铜板的闪光。索菲在河床上瞎摸，摸到什么算什么。她和马蒂奥扎进水里六次，然后又扎进去七次，只要凑够一把铜板他们就游到岸边。索菲心满意足地看到在岸上她的那堆铜板是马蒂奥的那堆的两倍多。

“哎呀！都怪我的指头。”马蒂奥说。索菲和阿纳斯塔西娅又对视了一下。“我摸不出哪个是硬币，哪个是石子。”

“当然了，当然是这样。”索菲说。

当阿纳斯塔西娅喊着说他们已经有了三个多法郎的硬币时，马蒂奥说够用了。他和索菲游向了河岸，多少有些比赛的意味。索菲更快一些，可是就在她伸手就要摸到河岸的时候，马蒂奥伸出手，一把将她按到了水里。

“作弊！”索菲从水里钻出来，吐着水说，“你这个卑鄙的骗子！”

“对于屋顶侠来说，根本不存在作弊这种事情。要么活着，要么死掉。”

“反正这不算作弊。这是打架，打架比作弊强。”阿纳斯塔西娅说。她把索菲从水里拽到了岸上，递给她一块巧克力。

马蒂奥仍旧待在河里。阿纳斯塔西娅也给了他一块巧克力，他一边踩着水，一边吃了起来。

“谢谢。”索菲说，她的声音有些沙哑，“游泳总是让我变得很渴。我能喝点儿河水吗？”

“不行！抱歉了，有老鼠传染的病。就连马蒂奥都不喝，他可是几乎百毒不侵了。等到了大教堂咱们就有水喝了。”阿纳斯塔西娅说。

“大礼堂？”索菲穿上借来的套头衫，把湿漉漉的脚塞进了鞋里，“什么礼堂？”

“当然是那座大礼堂喽。马蒂奥跟咱们在那里碰头。”

“跟咱们在那里碰头？可是他不就在这儿……”索菲的脑袋快速转了转。马蒂奥早已不见了踪影。

“他就是这样的。他要走水路，然后从树上走。”阿纳斯塔西娅说。

萨菲悄无声息地走到了索菲的身旁，帮她把有些地方变得乱糟糟的头发向下梳理了几下，揪掉了河里的水草。她又从地上捡起索菲的围巾，把围巾裹在索菲的脑袋上。

“噢！我差点儿忘了头发的事情！”索菲说。恐惧袭遍了她的全身，她使劲扯了扯围巾，直到盖住了耳朵。“我太蠢了。谢谢你。”萨菲露出了笑容，随即她的脸因为害羞突然涨成了紫红色。她冲上了大桥的台阶，然后就钻进了路边一排林木的枝叶间。

“她还好吧？”索菲问。

阿纳斯塔西娅捡起所有的硬币，把硬币装进了自己的口袋里。“当然了。她也从树梢上走。走吧。要是咱俩走得快的话，等到了圣母院你的身上就干了。快跑上来。”她说。

第 二 十 二 章

chapter twenty-two

爬上巴黎圣母院

漆黑的人行道是世界上最适合谈话的一个地方。她们两个人飞快地走着，这样一来索菲也就不觉得冷了。阿纳斯塔西娅轻声哼着歌。等到确定马蒂奥不在跟前，索菲终于开口了。

“阿纳斯塔西娅，要是我问你一点儿事情，你可以不告诉马蒂奥吗？”

“或许吧。大概吧。反正我尽量吧。什么事情？”

“就是……就是，是叫铁路人吧？火车站的那些男孩。马蒂奥为什么那么恨他们？说起他们的时候，他就变得面无表情了。”

“哦。要是你不知道的话，我就不清楚自己是否应该跟你说了。”

“求求你了。我吓了一跳。他黑着个脸的样子。”

阿纳斯塔西娅一边走，一边用指甲拨拉着铁栏杆，在她的敲击下栏杆奏起了乐曲。“他们打过一架，几年前的事情了。那些铁路人，他们不想让任何其他人待在屋顶上。萨菲和我，我们不太在乎。我们搬到了树上，树上更好。可是马蒂奥呢，他就喜欢住在屋顶上。屋顶……”说到这里她停住了，做了一个鬼脸，“唉，这样说听起来就太有诗意了。”

“不管怎么样，你就说说吧。”

“屋顶就是他的一切，”阿纳斯塔西娅说，她已经涨红了脸，“真抱歉。所以，他不能放弃屋顶。”

“结果呢？”

“谁都没赢。他们咬了……”

“咬了什么？”索菲盯着这个女孩，对方看向了别处。“咬了什么？”

“没什么……你见过马蒂奥的肚皮吗？那道伤疤？”

“他说是因为自己摔倒在风向标上了！”

“他这么说？好吧，他撒谎了。当时他差点儿就没命了。为了治病他只能上孤儿院去了。你知道这件事，对吧？现在他再也不会靠近火车站，再也不到地面上去了。”阿纳斯塔西娅又停了下来，紧紧地抓住索菲的手臂。

“停，咱们就要到地方了。马蒂奥应该就在这附近。”星光下她的表情看上去焦躁不安。她咬着嘴唇：“你保证不跟他说我把这些事情告诉你了？”

“当然了。”索菲说，可是周围的建筑让她分了心。她们就站在一座庞大的白色建筑的脚下，这座建筑矗立在夜空里，如同神一样庄严。“这是什么？咱们现在在哪儿？”

“当然是圣母院啊！马蒂奥就在那棵树上，瞧见了没有？大门旁边。”索菲看不见马蒂奥，但是萨菲正站在树底下，还向上看着树叶。门前的院子空无一人。阿纳斯塔西娅说：“咱们走吧。”

巴黎圣母院看上去有多么美丽，爬起来就有多么痛苦。攀上屋顶花费的时间比索菲预想的要多一倍。

马蒂奥打头阵，萨菲紧随其后。他们两个人似乎对这儿熟悉得如同索菲对自己远在伦敦的家一样，他们的手可以毫不迟疑地摸到石墙上可以抓住或者落脚的地方。索菲跟在后面,速度慢多了。阿纳斯塔西娅殿后,当索菲进退两难的时候,指导她手应该抓哪儿，脚应该放哪儿。

现在，保持平衡对于索菲来说不再像以前那么吃力了，可是与石头亲密接触的时候她的两只脚还是太娇嫩了，脚趾流了一点儿血，但是她打定主意绝不在屋顶侠们的面前皱一下眉头。她心想，他们可都是不会皱眉头的人。她在脚上轻轻地抹了一点儿唾沫，咬住腮帮子，等爬到一半的时候她的

腮帮子已经被咬烂了。她的脚打滑了两次，不过她觉得谁都没有注意到。

索菲心想，生命中的绝大多数事情都没有诀窍可言，保持平衡却多少需要一些诀窍。窍门就在于知道自己的中心点在哪里，她的平衡点就在胃和肾之间的某个地方，这个地方感觉就像是夹杂在各种褐色器官中间的一大块金子。这个点很难找到，但是一旦找到了，它就像是书里勾划出来的部分，以后就很容易找到它。保持平衡跟你的所思所想也有关系，索菲竭力去想妈妈，想音乐，而不去想滑落到下面人行道的情形。

巴黎就横亘在他们的脚下。索菲环抱着一座圣徒雕像的脖子，从这里望出去巴黎就是一大片银色的光芒，只有塞纳河在路灯的灯光下闪烁着锈迹斑斑的金色。“真美啊！我都没有意识到这条河竟然这么美！”

“是啊，”阿纳斯塔西娅看起来也吃了一惊，“是……通常是褐色的。”

等她俩爬到尖塔底座的时候，马蒂奥和萨菲挨着正坐在一起，用指甲在石板上划拉着。他们是在玩井字游戏。从他们脸上的神情看，他们刚才只是闲庭信步地爬了一段楼梯而已。

“平局。”说完马蒂奥就把游戏给划掉了，“索菲，你还能吹得了口哨吗？我们得把杰拉尔给叫来。”

“当然能。”其他三个人都等着。索菲突然感到有些难为情，“唔，就用你召唤鸟的调子？”

“是的。大声点儿，尽量大声。他或许已经睡了。”

索菲吹了三个音符，都是她那天夜里走在绳索上的时候听过的。片刻的寂静后传来了三声，比索菲吹出的声音更低沉浑厚。

“那是回声吗？”

“不是，”马蒂奥把双手拢在嘴巴上，发出两声猫头鹰的尖啸声，“是杰拉尔。”

在他们头顶上的钟楼落下来一小团尘土，接着一个男孩出现在他们的面前。男孩用手支撑着身体，一下接一下地荡了下来，在一尊尊滴水兽张开的下颌上寻找着落脚的地方。最后四英尺，他一个筋斗就翻了下来，正好落在了索菲的面前。

“晚上好。”他说。

他的脸比马蒂奥的更年轻，可是他的两条腿那么长，使他高出他们两个人一大截。他那么瘦，索菲心想自己一只手就可以把他拎起来了。他看上去不像一个能打架的人。

“你好，杰拉尔，我们想借你用一下。”马蒂奥说。

男孩咧嘴笑了起来。“你好。我知道。阿纳斯塔西娅给我发信号了。”他穿着一件散发着霉味、被象鼻虫咬得破破烂烂的夹克衫，看上去就像是他自己用地垫拼凑而成的似的。索菲立即对那件衣服垂涎不已。

“你好，我是索菲。”她说。

“是的，我知道。”他说。他说话的时候有些结巴，不过他长了一张漂亮的面孔。他的眉毛浓密得都可以刷鞋了，眼神很温柔。“你们要火车站，是吧？”他有些犹豫。索菲心想，他显然太彬彬有礼了，应该不太会过日子。他说：“你们……给我带什么东西了吗？”

“带了，当然带了。”阿纳斯塔西娅说。她把仍旧湿漉漉的硬币倒在了杰拉尔捧起的两只手里。

“多谢了！你们知道吗，蜡烛现在得要二十个钱币了！真不敢相信！”

索菲说：“难道你就不能……拿一些？要是你需要的话。我保证他们不会介意的。”

“不行！可不能从这里偷东西！这可是罪过。”

“那么你怎么照明？在你找不到蜡烛的时候？”

“基本上就不照明。眼睛会越来越适应黑暗。适应黑暗是一种本事。要么，你也可以把浸了油的布放在锡罐里，点着就行了。”

“要是你有布的话。”阿纳斯塔西娅说。

“要是你有油的话。”马蒂奥说。

杰拉尔自嘲地笑着。“那么咱们要去火车站，对吧？要出手，对吧？”

“或许要出事。但愿听听就可以了，”阿纳斯塔西娅说着把脑袋转向索菲，“杰拉尔的听力很好。”

马蒂奥似乎一点儿也不嫉妒，他点了点头。“这是真的，他的听力很不寻常，动物才有这样的听力。绝大多数人都只是自以为有这样的听力。”

杰拉尔说：“我能听到在塞纳河中游的一间教室里吹口琴的声音。”

“这不可能！”索菲说，“不是吗？”

“并非不可能，只是不寻常而已。”杰拉尔说。

说悄悄话并不礼貌，可是索菲不得不如此。她把阿纳斯塔西娅拉到一旁，把手拢在她的耳朵上。“他说的是真的吗？”她喘了口气，“还是只是在吹牛？这一点太重要了。他明白这一点有多么重要吗？”

杰拉尔哈哈大笑起来。在一片漆黑的夜色中很难看得清，不过他似乎涨红了脸。“是的，他说的是真的。没错，他明白的。在我身边说悄悄话根本没用。我也不是一生下来就这样——这让睡觉变得很费劲。我得在耳朵里塞上橡子。可这的确是真的。我想都是因为住的地方太吵的缘故。”他说。

阿纳斯塔西娅说：“他还会唱歌。每天晚上他都要练会儿唱诗班的歌，等唱诗班走后。”

马蒂奥沉下脸：“我说过他会唱歌。是不是，索菲？”

阿纳斯塔西娅翻了翻眼睛：“伙计们，他不光会唱歌。

跟他在一起的感觉就像冬天里的头一场雪。杰拉尔，唱一段吧。”

杰拉尔皱起了鼻子："不唱。”

萨菲轻轻地拍了拍自己的胸口，然后把手伸给了杰拉尔，把脑袋歪到了一边。

“求求你了，杰拉尔。就一首。讨个吉利吧。”索菲说。

“哎呀，好吧。好吧，就唱半首。”杰拉尔说。他朝四下里瞟了一眼，舔了一下手指，看了看风向。然后他清了清嗓子。

最先从杰拉尔嘴里冒出来的那些音符清澈甜美得令索菲从头到脚感到激动。歌词是法语，但是这首歌肯定不是赞美诗。它令人直想把裙子扎住，跟你心爱的人跳起舞来。它令索菲想飞快地旋转起来，令她想妈妈想得心痛不已。

杰拉尔唱完了。万籁俱寂，就连塞纳河都安静了下来。

索菲和阿纳斯塔西娅欢呼了起来，拍着巴掌，在屋顶上跺着脚。萨菲从喉咙深处发出了一声刺耳的尖叫声，这还是索菲第一次听到她发出了声音。

有人清了清嗓子。“要是你们没有吵闹得足以弄醒圣徒，你们就会听到午夜的钟声已经敲响了。要是想在两点赶到车站的话，咱们现在就得动身了。”

“为什么是两点？在铁路人那里，两点可不是一个好时间。咱们应该晚点儿过去。”杰拉尔说。

“上一次索菲就是在两点听到了琴声，”马蒂奥咕哝了一声，“我也知道没有多少线索，不过我觉得总比什么都没有要强一些。”

“有可能的。”索菲说。她说得声音很轻，这样其他人就听不到她在说什么，“决不忽视任何一种可能。”

第 二 十 三 章

chapter twenty-three

一屋顶的椋鸟

将近凌晨两点的时候他们来到了火车站附近。从巴黎圣母院过来的一路上屋顶越来越矮，除了索菲，其他几个人都变得紧张不安起来。

有两次他们不得不穿过马路。马蒂奥、杰拉尔和萨菲从一棵雪松跳到了一根灯柱上，然后不费吹灰之力地荡到了另一头的排水管。阿纳斯塔西娅和索菲顺着一根排水管滑了下去，跑着穿过马路，然后一把抱住了另一根排水管。这根排水管上有间距均匀的抓手，可是没有什么比在夜里攀爬排水管更能让人意识到黑暗可以黑到怎样的程度。

他们五个人在一所学校的屋顶上停下了脚步，四个屋顶侠坐了下来，他们警觉地围成一个正方形，脸朝外面。索菲坐在旁边一点儿，屏气凝神地祈祷着。她悄悄地自言自语道：

“拜托你了。拜托让我找到她。”她的心怦怦地跳着，剧烈得都要裂开了，不过她的祷告在夜晚的空气中听上去是那么地微弱。她紧紧地攥着拳头，坐在拳头上。

一个小时过去了，索菲开始焦躁起来。屋顶侠们都一声不吭，纹丝不动。

终于，索菲小声说：“能问你们大伙一个问题吗？”

马蒂奥嘟囔了一声。杰拉尔说：“当然可以。什么问题？”

“屋顶侠长大后会怎样？”

“噢！我还以为你要问哪里有厕所呢。”马蒂奥说。

杰拉尔说：“基本上都到地面上去了，不过他们仍然过着不受约束的生活。做一个不受约束的大人比当一个不受约束的孩子容易一些。”

阿纳斯塔西娅不屑地说：“尤其是你碰巧还是个男孩的话。”她高傲得如同埃及艳后。

“还有其他人吗？在以前？”索菲问。

阿纳斯塔西娅说：“没有。”与此同时，马蒂奥说了一声：“有的。”

“有的，”他又说了一遍，“我觉得有。瞧，我刚刚搬到我的屋顶上的时候发现了这个东西。”他从口袋里掏出了一把小刀，装饰精美，而且沉甸甸的。“看见刀柄了吗？”看上去刀子至少有上百年的历史了。手指握住刀柄的地方留下了清晰可辨的凹痕。留下凹痕的那只手比索菲的手还要小一些。

“这是谁的？”索菲问。

“一个小孩的，”马蒂奥说着耸了耸肩，“一个聪明的小孩。我发现它的时候它就包在粗绳里。粗绳是最适合藏刀的地方。可不是所有人都知道这一点。”

“你找过他们吗？”索菲觉得换作自己的话，肯定会去找其他人的，“他们为什么不回来找这把刀？”

“没有人回来过。它生的锈都有一厘米厚了，肯定已经有好些年头了。”

“你觉得他们出什么事儿了？”

马蒂奥又冲着夜色耸了耸肩。“或许被逮住了。或许去了南方，南方更热，人也更少。”

索菲说：“你觉得会有多少人？有多少屋顶侠？”

杰拉尔说：“我猜多于十个人，但是不到一百个人。”两个女孩点了点头。萨菲伸出十个手指头，接着合起来，然后又张开了。阿纳斯塔西娅说：“我想你说得没错。二十或三十个左右。有时候我看得到影子。我想卢浮宫的顶上大概就住着什么人。”

所有人再次陷入了沉默。两个小时过去了，索菲坐在那里，耳朵竖得直直的。

没有出现铁路人。没有琴声。到了凌晨五点，索菲感到又冷又困，难受得都要哭了。

“咱们该走了，”马蒂奥说，他跪了下去，拍掉了屁股上的尘土，“太阳要出来了。”他站了起来。

“等等！”杰拉尔一把将马蒂奥拽了下去，“就一秒！听！”

“大提琴？”索菲一下警觉了起来，攥起了拳头，“铁路人？还是琴声？听得到她吗？”

“听不到，哪个都听不到。不过，你们听。”

屋顶上寂静无声。远处的地面上响了一声，或者是一匹马，或者是有人在咳嗽，或者什么也不是。一朵云飘了过来，一朵灰蒙蒙的云，它在空中急速地飘着，不停地改变着方向。

阿纳斯塔西娅吸了一口气：“鸟。”

索菲说：“椋鸟。”

空中突然满是椋鸟。五百只，一千只。它们的翅膀嗡嗡作响，大胆地朝着屋顶上的几个孩子的脑袋俯冲下来，仿佛这几个孩子只是一堆烟囱帽似的。

“它们活像一个芭蕾舞团！”索菲说。

“也许吧。我不知道芭蕾舞团。它们就像椋鸟。”

“你们管一群椋鸟叫什么？”索菲轻声问道。

“你管它们叫椋鸟，不是吗？我不知道你是什么意思。”阿纳斯塔西娅说。

“比方说，我们管一大群乌鸦叫‘谋杀’，管一大群猫头鹰叫‘议会’。”

“哦。明白了。不过，我不知道。”

“一芭蕾舞团的椋鸟。”索菲说。

他们一动不动地聊着天，就连嘴唇都没有动一下。椋鸟盘旋着，俯冲着，每当它们飞近的时候索菲就会倒抽一口气，其他人都不会这样，但索菲根本没法控制住自己。感觉就像节日里出现的神迹。感觉就像一种预兆。她的心火烧火燎，无边无际。

“一军队的椋鸟。”马蒂奥说。

“一龙卷风的椋鸟。”杰拉尔说。

“一雪崩的椋鸟。”索菲说。

“一喷泉的椋鸟。一太阳光的椋鸟。”阿纳斯塔西娅说。

男孩们哼了一声，索菲却说：“没错！我喜欢这个说法。或者，一乐团的椋鸟。”

“一屋顶的椋鸟。”马蒂奥说。

第 二 十 四 章

chapter twenty-four

嗫语

他们慢吞吞地往回走。肾上腺素的咆哮偃旗息鼓了，这会儿索菲只感到自己已经精疲力竭了。他们找了一条不太熟悉的路，排成一支纵队走着，马蒂奥走在最前面，萨菲殿后。谁都不想说话。

马蒂奥和索菲把两个天空行者和杰拉尔留在了圣母院，继续往北走着。

一等到只剩下他们两个人的时候，索菲就开口了："马蒂奥？只是好奇而已，你怎么上厕所？"

"排水管。"他简短地回答，没有多说什么。

索菲笑了起来，目光转向了别处。周围的建筑渐渐地眼熟起来。可是——"这不是我住的那条街，对吧？"索菲有些迟疑，"马蒂奥，咱们在哪儿？"

马蒂奥已经是一副昏昏欲睡的模样了。“河边。”他晃了晃自己,“这是近路。马上就到你住的地方了,再有十分钟吧。”

“可是，咱们现在在哪座楼上？”

“警察总署。你应该知道的呀。你说过你已经来过两次了。”

“咱们就在……屋顶上？”

“是啊。咱们就在它的屋顶上。”马蒂奥看上去一头雾水。

“距离日出还有多久？”

马蒂奥的嘴巴动了动,他在数依然挂在天空上的星星。“半个钟头吧，或许有四十分钟。”

“市档案馆就在警察总署的顶楼，是不是？”

“我不清楚。”

“嗯,就在那里。我知道就在那里。咱们能……去看看吗？就从窗户外面看看，可以吗？”

“要是你想看的话。”

索菲将一只手搭在马蒂奥的手腕上，好让他集中注意力。“不过，你是怎么想的？你会怎么做？”

“要是你趴着，从边上吊下去，我就抓住你的两条腿。”

“你不会……让我掉下去吧？”

“你不会有事的。”马蒂奥说，索菲心想这可算不上是真正的回答，“你只需要指望他们没挂窗帘。”

如果马蒂奥说她不会有事，那她就相信他说的话。索菲在靠近屋顶边沿的地方趴了下来，慢慢地朝前挪了过去。“你抓住我了吗？有没有抓紧我啊？”

索菲向前蠕动着，直到肋骨吊在了边沿外。她紧紧地抓着墙砖，缓缓地朝前弯下了身子，可是她没法看到房间里面。最上面的窗户离她也还有一段距离。她强忍着不往楼下看。

“再下来一点儿，”她说，血涌上了她的脑袋，“再下来一点儿！”这么做纯属徒劳，窗户还在下面很远的地方。

“把我拖上去吧。快点儿，拜托了。”她说。

马蒂奥咕哝了一声，开始用力把她往上拽。升上去的时候索菲的下巴蹭在了墙砖上，回到屋顶上她坐了下来，轻轻地抹了抹下巴。血打湿了她的手指。“真可恶。”她说。

马蒂奥从口袋里掏出一小块布，说：“吐口唾沫。要是不吐的话，结的疤就会夹带着墙砖上的沙子。”

“谢谢你。”她冲着马蒂奥的屁股说，因为马蒂奥正趴在屋顶边沿上打量着下面。停了片刻之后，他的两只脚开始敲打屋顶。如果说脚也能发出兴奋的声音，那么马蒂奥现在就在这么做。

他直起身子。“你说得没错，窗户太远了，弯下去半截身子也看不见。不过，要是我抓着你的脚脖子，把你吊下去呢？”他说。

“什么？不行！”

“为什么不行？我会抓得很牢的，我发誓。我很壮实。”

“可是……抓着我的脚踝？”她说。

“还能抓着哪里呢？你说过你想看一看，不是吗？”

“我仍然想看。”恐惧令索菲的皮肤突然感到了一阵发痒，就如同全身上下都穿着砂纸做的衣裳似的。然而，现在放弃的话也太糟糕了。“好吧。不过一定不要让你的手出汗。我可不想头朝下地死掉，多谢你了。”她说。

索菲再一次朝前溜了过去，马蒂奥抓着她的脚。他紧紧地抓住索菲的脚踝，索菲的血液循环都要被阻断了。“我要把你放下去了。”他说。

马蒂奥把索菲向前推着，渐渐地索菲只有膝盖还能感觉到屋顶，接着就只有她的脚趾还能够到护墙。她能感觉到他的手臂肌肉在颤抖，她紧紧地抓着墙上的砖，以支撑自己的身体。“别向下看。”她轻声说着。她的头发就吊在巴黎的上空。她摇了摇脑袋，把头发从眼前甩开，朝窗户里凝视着。

那间屋子有整整一层楼那么长，里面摆满了文件柜。一定有好几百个文件柜，因为文件柜全都紧挨在一起。在房间的中央摆着一张大桌子。索菲头朝下地在窗户上哈了一口气，呵——然后用手指擦干净了窗户。房间里没有图片，也没有灯。索菲的视线里已经充满了红点。

“我得把你拉上来了，”马蒂奥嚷嚷着，“除非你想用最快的方式到下面去。”

等到索菲全身的血液恢复原位后，他们俩又开始赶路了。这时他们加快了速度，唯恐太阳升起来。

“文件柜锁着，你觉得我能把柜子砸开吗？”索菲说。

“不能。全巴黎都会听到你的动静。”马蒂奥说。

“真该死。那还能怎么办呢？能用铁棍起开柜子吗？”

“但是，你可以把锁撬开。”

“怎么撬？哎哟！”

索菲的鼻子撞在了马蒂奥的脚上。他们正在肉铺的尖屋顶上匍匐前进，马蒂奥突然停下来，凝视着索菲。

“你没撬过锁？”听上去他真的无法相信索菲的话，“我还以为这种事情就像是……我不知道，就像呼吸一样。我还以为所有人都会呢。”

“我为什么要知道怎样撬锁呢？”

“真的？你真的不会？我用牙齿都能撬开锁。”

“天哪，不，我不会！”这时他们已经看得到博斯特旅馆了。

马蒂奥盯着索菲。索菲感到自己的脸泛起了红晕，她把头发拨拉到脸前，把脸遮住了。最后他说：“那么我想我可以教教你。很简单。很有用，比大提琴有用。”

“什么时候？就现在？”

“不，你的手太僵硬了。你得先睡上一觉。明天吧。”他冲着旅馆的方向扬了扬脑袋，“最后一段路你自己走，可以吗？我得回家了。十分钟后太阳就升起来了。”

“那就明天见。”索菲说，“还有，马蒂奥……”她使劲儿地揉了揉眼睛，好给自己争取一点时间。要想找到正确的字眼感谢他不是一件容易的事情。不过等她睁开眼睛的时候，他已经消失了。

当索菲回到自己的房间时，清晨第一缕强烈的光线已经暖热了她的床。她的两只手掌全都黑乎乎的，脚底板一直到脚踝上都沾满了煤烟和混着烂树叶的泥土。床看起来太诱人了，不过在爬上床之前她先去拿来了楼梯平台书架上的英语字典。她在膝盖后面把手蹭干净，然后飞快地翻起了字典。

一群椋鸟被称作“嗫语”。

第 二 十 五 章

chapter twenty-five

爱是捉摸不定的东西

索菲睁开眼睛，看到查尔斯在她眼前俯下身子，手里拿着一杯热乎乎的东西。午后的阳光透过天窗撒了下来。

“你回来了。”查尔斯说。

索菲接过杯子。她竭力表现得一脸的无辜。“从哪儿回来？”杯子里是热巧克力，又浓又黏，查尔斯在家的时候就会煮这样的热巧克力，很小的时候她管这样的热巧克力叫“豪华可可”。得花上半个钟头才能把可可煮得这么别致，有嚼头。

“我不知道，你来告诉我吧。”查尔斯说着，坐在了床上，“昨天晚上十一点的时候我来过，你已经走了。”

“是吗？”

“亲爱的，我不希望自己成了一个无聊的老家伙，可是我还以为你被人抓走了。我以为你被……我不知道。”他没有笑，眼睛里毫无神采，“你上哪儿去了？”

“我不能跟你说，”索菲用手指包住了他的手腕，“太抱歉了。老实说，要不是除了我还有其他人的话，我会说的。”

“索菲，你是在告诉我……”

“可是我保证，没有人看到过我。我发誓。天黑之前我一直没有到街上去，我还把头发裹了起来。”

“为什么你就不能哪怕只跟我说一声自己要出去一趟？”

“我不能。我以为你可能会拦着我。”

查尔斯从索菲的手里拿过杯子，抿了一小口，然后又把杯子还给了索菲。他一言不发，两道眉毛几乎扬到了脑门上。

索菲问：“你会拦住我吗？”

“我不会，不会的。”

“哦！”负罪感填满了索菲的胸口。

“至少，我希望我不会拦着你。”他又从她的手里拿过杯子，喝了一口，“或许会吧。其实我也不知道。爱是捉摸不定的东西。”

爱是捉摸不定的东西，索菲暗暗想着。她有些犹豫，不过随即她就说：“查尔斯？我能求你点儿事情吗？”

“当然了。别客气。”

索菲努力地琢磨着适当的措辞。为了让自己从容一点儿，她大口地喝完了剩下的热巧克力，还用手指在杯子的内壁上画着圈。

“我只是一直在想——要是她还活着，我确定她还活着——为什么她不来找我呢？”

“可是，有可能别人告诉她你已经死了啊，索菲。要是咱们找不到生还人员名单，她也一样找不到啊。你又不会一直待在医院里。法国应该没有人认识你。”

“我知道，这个我知道。可是……他们跟我说她已经死了，我不相信他们的话。那她怎么就相信了他们呢？她怎么就不一直找下去呢？”

“亲爱的，因为她是成年人啊。”

索菲垂下脑袋，把脸藏在了头发背后。这会儿她的脸变得火辣辣、紧绷绷的，一脸的愤怒。“这不是理由。”

“这就是理由，我的宝贝。大人被教导只能去相信无聊的或者丑陋的事情。”

“大人太愚蠢了。”

“很可悲，我的孩子，但是不算愚蠢。要想相信非同寻常的事情可不是一件容易的事情。索菲，这需要天赋，你就拥有这样的天赋。不要失去它。”

第 二 十 六 章

chapter twenty-six

他长着跟你一样的眼睛

这天夜里，在爬出天窗之前索菲留了一张字条在枕头上。字条是留给查尔斯的，上面写着她要去警察总署——不过她没有说自己会从天而降——她还保证自己会在天亮之前回来。她穿上长裤和萨菲的那件破破烂烂的灰色套头衫，在口袋里装了一小截蜡烛，活动了一下手指，然后就径直冲进了夜色之中。

马蒂奥正在警察总署的屋顶上等着她，两只脚交替地单脚跳动着。索菲预料到马蒂奥会等着她，可是阿纳斯塔西娅、萨菲和杰拉尔居然也坐在烟囱下，他们三个人正轮流传着一袋葡萄干。萨菲和阿纳斯塔西娅都穿着黑色的套头衫和灰色的长裤，反衬出两个人银白色的面庞。索菲都忘了这两个女孩是这么美丽，着实吃了一惊。

杰拉尔瞥见了索菲的神情，他哈哈大笑了起来。“我知道！——老天爷！不会吧！——你迟早会习惯的。”

“咱们就待在这里看着。杰拉尔的听觉就跟兔子一样，他会知道有没有人来。我们还带了吃的来。”说完，阿纳斯塔西娅就在索菲的掌心里倒了十二粒葡萄干。吃下葡萄干后，索菲的身体因为糖分暖和起来，她把头扭向了马蒂奥。

“我可以第一个下去吗？”

“不可以。”马蒂奥说。

“不要啊，求求你了。我想第一个下去。”索菲感到做好这件事太重要了，可是她无法做出合理的解释。她感到自己已经那么接近了，每次只要一想到妈妈她就会激动得颤抖。

马蒂奥说：“你知道怎么弄开窗户上的插销吗？”

“哦。不知道，我不知道。”

“那我就第一个下去。”

马蒂奥顺着排水管下滑了一米，到了窗台的位置。索菲趴在屋顶上观望着，她不想说“小心一点儿！”她不想当那种喜欢说“小心一点儿”的人，于是她喊了一声“祝你好运”，片刻后她又多此一举地说了一声：“我们会一直盯着！”

马蒂奥面朝墙壁，用两只胳膊抱着排水管。他甩出去一条腿，接着又把另一条腿也甩了过去。他的两条腿都落在了窗台上，整个身子平贴着墙壁。他的一只手松开排水管，紧紧抓住了墙砖。索菲看得眼花缭乱。接着马蒂奥的另一只手也甩了过去，整个人直立在窗台上，稳稳当当地用脚趾站立着。他缓缓地弯起膝盖，指尖扣在窗玻璃上，最终蹲了下去。窗台很宽，尽管如此马蒂奥的半个后背还是悬空着，不过他看上去就如同星期天的午后那样气定神闲。

他用自己的折叠刀砸了几下窗户上的插销。“开了！”

“太好啦！噢，请……”索菲及时地克制住了自己，“太棒了！”她轻声喊道。

马蒂奥将指甲勾在窗沿下面，使劲儿向上提着窗户。随着一声裂开的声响，马蒂奥发出一声：“哎呀！”

“怎么了？你没事儿吧？”

“没什么，只是磕破点儿皮。”窗户打开了，“进去之前咱们先要擦擦窗户。”他重新调整了自己的姿势，坐在了窗台上，两条腿悬吊在房间里。“好啦！”他轻轻地拍了拍窗台，“现在你可以下来了。”

索菲竭尽全力地仿照着马蒂奥的一举一动，马蒂奥用两只手引导着她的双脚。她强迫自己去想大提琴，去想妈妈，而不是万一掉下去的时候自己的脑壳撞在路面上的声音。“妈妈。妈妈值得这番寻找。”她轻轻地自言自语着。

索菲猫着腰钻进了窗户。档案室冰冷、黑暗，感觉很诡秘，很严密。“你要进来吗？”她问。

“不。我从不进屋。”马蒂奥用脚跟踢着护墙板，“坐在这儿就挺好。”

索菲从口袋里掏出蜡烛，划着了一根火柴。“好吧。”她把手裹在套头衫里面，以免蜡油滴在自己的手指上。“该从哪儿找起呢？”她端详着柜子上的标签，“马蒂奥，这上面写的都是法语！”

“当然都是法语。读给我听听。”

“这个上面写着 meurtre。”

“是谋杀。”

“Incendiaire 呢？”

“燃烧弹袭击。也可能不是。”

索菲走到了房间的另一头。“Assurance？”

“是保险。看看那个。”

索菲使劲儿拽了拽柜子的门。“锁上了。”

她真不敢相信自己竟然忘掉了还有这回事。窗框里马蒂奥的脸上浮现出兴奋的神色。

“当然会锁着。你有发卡吗？”

“有。”

“好的。现在……”

“等一下。”索菲摸到了后脑勺上别住盘发的卡子。她的手指哆嗦着，不知道为什么比平日还胖了一些。

“好的。”马蒂奥说，“这就对了。现在，你必须集中精神。锁子里面都有‘cinq’个弹珠。”

“沉？”那是索菲竭力避免想到的字眼。此外，还有“淹没”。

“不是的。cinq。噢！哎呀……五个。英文的数字太丑了。一把锁有五个弹珠，是这样说吧？钥匙推起弹珠，开启横杆。你点过的那根火柴呢？你扔在地上了？”

“没有。在这儿。”

“好的，你把火柴放在锁的底部——就这样，没错——稍稍推一下，不是向左，就是向右。”

索菲舔了舔手指，好让手指镇定下来，然后将火柴插进了锁眼上宽的那一头。“哪边？左边,还是右边？”她小声问道。

“你能感觉到的。这就像水一样，是有流向的。有一边感觉像是在逆流而上。”索菲扭了一下火柴，可是她什么也没有感觉到。

马蒂奥说：“住手！你用的劲儿太大了。”

这句话真算得上是人们能说出来的最讨厌的一句话了。索菲瞪了马蒂奥一眼，她的舌头还咬在牙齿外面。“马蒂奥，你这样可帮不上多少忙啊。”

“我的意思是，你在强行捅它。你捅它的样子就好像它是一根香肠似的。把它想象成是一个活物。”

“它不是啊。”

“你怎么知道？想象它是活的。”

马蒂奥说的是对的。朝右边转，锁纹丝不动，慢慢地朝左边转，锁就动弹了一下。它变得如同一声耳语那样温柔，索菲重复了几次，直到感到有些把握才停下。

"现在呢？"她说。

"保持着这个位置。一毫米都不能再多转了。"

"好吧。"索菲调整了一下手的姿势，用左手捏着火柴保持在那个位置上。"现在呢？"

"好啦，你朝锁的顶部插进卡子。"马蒂奥眯缝着眼睛，透过夜色认认真真地盯着索菲的一举一动，"现在从第五个弹珠的底部开始推。你把卡子插到弹珠下面，向上推，直到它卡住。"

"你指的是什么——卡住？"索菲的两只手都被汗水打湿了。她舔了舔手掌，在胸口上擦干。

"我不知道该怎么解释。很简单。只要……"

"你就不能进来帮我弄开吗？"

"不行。不过，你可以转动弹珠，直到感觉它……更牢固了。你只需要去感觉。听到'咔嗒'一声，有时候会这样。但是很轻，要是锁上过油的话，就像蚂蚁的咳嗽声。"他的嘴巴微微张开着，仿佛在聆听着音乐，"我想这把锁就上过油。"

"然后呢？"

"然后你就对付第四个弹珠，还有第三个。接着是……"

"第二个，没错。我明白。"

"感觉到卡住了吗？"

一开始索菲感觉不到，她上上下下地扭动着发卡，心里的火气越来越大。接着，刹那间她突然找到了感觉。真是细微得不能再细微的转动，但突然间她感觉到弹珠不动了。它不再晃动了。

“我觉得成了！现在呢？”

“好的。头一个是最难的。现在你把发卡拉向自己——不到一毫米——然后轻轻转动下一个弹珠。”

索菲屏住呼吸，将发卡拉出了一根发丝的宽度。她用发卡做细微的挖掘动作，将卡子插在了又一颗弹珠的下面。一掌握好节奏，就没有那么费劲了。“这是第三个。”她喊了一声。“第二个。”最后一个弹珠是最费事的。“成啦，我觉得成了！”

倘若她指望得到祝贺的话，那可就要大失所望了。马蒂奥只是敷衍地点了点头。

“好的。现在你继续拿稳发卡——你的两只手在哆嗦，一定不能哆嗦——朝左边扯一下火柴。”他说。

“咔嗒”一声，锁打开了。索菲把档案拿出来递到窗口，他们两个人一起仔仔细细地翻看起来。索菲的手指在颤抖，在昏暗的光线下很难看清楚，不过她觉得马蒂奥的指头也颤抖着。

“这里没有关于‘玛丽皇后’号的文件，这些都是这两年的档案。”索菲说。

“别担心。咱们还有时间。”马蒂奥说。

“可是这间屋子里有成千上万份档案呢！”

“咱们还有时间。”马蒂奥重复了一遍，“别慌。”他的声音比平时要温柔。

“或许我应该看一看年头更久的档案柜？绿色的柜子。那些柜子看上去都生锈了。一看就有鬼。”索菲说。

马蒂奥点了点头。“不过得先把这些放回去。一定不能让他们知道你来过了。”

索菲给马蒂奥读着标签上的字。扒手，剧院失火，乞丐。听起来都不靠谱。

“Divers……这是什么？”索菲说。

“这个表示‘杂项’的意思。五……五花八门的，你明白吗？试试这个。”

这个柜子上的锁大一些，弹珠更容易被感觉到。不到五分钟的工夫，索菲就用发卡打开了这个柜子。

里面的文件都很厚实，外皮上标注的日期一直可以追溯到二十年前。索菲激动地找着出事那年的档案。突然，她浑身战栗，激动不已。

“‘玛丽皇后’号，paquebot Anglais。”

“Paquebot 是什么？”她问道。

“我估计——是一艘很大的船？”

这份档案的硬纸壳上印着大理石纹路，索菲拿着档案跑到了马蒂奥坐着的窗台下，把蜡烛递给了马蒂奥。文件夹里总共放着大约二十四页文件，索菲将文件分成两摞，把一摞交给了马蒂奥。“别让风把文件给刮走了。”她说。

索菲尽量快速地翻看着文件。文件夹里有打印的人名名单，还有一些手写的信件。还有侍者的照片，全是面无笑容的正面照，手臂上搭着餐巾，照片背面印着他们的名字和住址。

“嘿！”马蒂奥喊叫起来，“我估计这是乘客名单。”

索菲把名单拿了过来。在字母 M 的下面有“马克西姆·查尔斯”，可是字母 V 的下面却是空白的，没有“薇薇安·沃特”的字样。索菲用一根哆哆嗦嗦的指头在船员名单上从上到下划拉了一遍，结果是一样的。没有“薇薇安”。

“瞧啊！”马蒂奥说。他举起一张照片。“索菲！乐队！她在乐队里吗？”

“让我看看！”索菲几乎快把马蒂奥的手里拿的照片扯破了，“可是……”她说，“他们……他们都是男的。”房间里的黑暗突然变得非常可怕。“大提琴手是男的。”

“哦，”马蒂奥说，他的笑容化为乌有，“哦。天哪！”

索菲把照片翻到背面。“上面说大提琴手是‘乔治·格林’，希望大街 G 号公寓十二号。”

他是一个年轻英俊的男人，正似笑非笑地凝望着整个世界。可是就算他是独眼龙，还长着将军肚，她也毫不在意。她舔掉了从鼻子上滑落的一滴泪，她没有意识到自己已经哭了起来。“是一个男人。”她又说了一遍。

“不过，真奇怪，这个乔治·格林看起来跟你很像。”一个声音说道。

索菲惊得几乎从窗沿上掉了下去。一个身影挂在排水管上，正在望着她。

“麻烦你挪过去一点儿，我想坐下来。”萨菲说。

为了给萨菲腾出窗台上的位置，索菲退回到档案室里。她一把攥住萨菲的手腕，说：“我没看出来。他不像我！他像我吗？”

“他长着跟你一样的眼睛。”萨菲说。她的嗓音比阿纳斯塔西娅的更低沉，法国口音也更浓重，“大家从来不会好好地看一看自己的眼睛，所以你注意不到。”她朝马蒂奥扭过脸，“让我吃惊的是你居然没有看出来。你可没少说她的眼睛。你觉得这个人会是她的父亲吗？”

马蒂奥涨红了脸，不过索菲正忙着看那张照片。她把照片冲着月亮举了起来。

“天哪。”她轻声说道。

一阵刺痛感从她的脖颈直贯到脊背。“他穿着一件女士衬衣。”她说。

“什么？”马蒂奥说。

“女士衬衣的扣子是从右往左扣。”

“什么？你怎么知道的？”马蒂奥说。

“我当然知道了，纽扣很重要。马蒂奥，那是一件女士衬衣。一个男人为什么要穿着女士衬衣？”索菲说。

“还有，看看那双鞋。只有女人才会交叉系鞋带，就像那样。瞧啊！”萨菲说。

索菲看到了。她还看到那条裤子是黑色的，膝盖部分已经被磨得有些发灰了。

“还有，看他的胡子！”索菲说。

马蒂奥和萨菲看着照片：“胡子怎么了？”

“太短了。应该盖过嘴唇的，对吧？看看其他人的胡子。他们的胡子都是一大把！而这个胡子只是女人的汗毛，描黑了而已。”

萨菲把照片拿了过去。“我觉得这不是男人，而是一个非常聪明的女人。”她仔细打量了一会儿照片，然后把照片拿到了索菲的脸前，拨开遮在索菲脸前的头发。“她看起来和你很像。”

第 二 十 七 章

chapter twenty-seven

爱和勇气是同样的东西

就在索菲仍然直勾勾地看着——马蒂奥、萨菲，以及那张照片时——他们的头顶上突然传来了一阵扭打声和沉重的脚步声，接着一个声音嚷嚷了起来。

“索菲？你还在下边吗？”

“谁？”萨菲说。

马蒂奥说：“警察！快跑！”

索菲一把抓住他们的手腕。“等等！我觉得是……”

“请你上来，好吗？”那个声音说，“我肯定你是无心的，可是你都要把我吓死了。回来吧，求求你了。”

是查尔斯。

他们三个人急忙顺着排水管爬了上去。马蒂奥用胳膊肘擦掉了窗台上的留下的尘土，然后在身后“砰”的一声把窗户关上了。索菲用牙齿叼着那张照片。

查尔斯斜靠在烟囱帽上，警觉地看着杰拉尔和阿纳斯塔西娅。他的手里拎着索菲的大提琴，手臂下面夹着雨伞。

“这位年轻的女士……”他指了指阿纳斯塔西娅，“非常拼命地试图弄死我，直到我说明自己是你的监护人她才罢休。而这位年轻的绅士说服了她相信我没有恶意。我相信是你的大提琴说服了他。”

“你把我的大提琴带来了？”索菲一脸茫然地看着查尔斯，“穿过一座座屋顶？怎么做到的？为什么？”

“我把琴绑在了背上。”查尔斯若有所思地看着大提琴，“我强烈地感觉到你或许用得上它，要是你所发现某种……尚不确定的事情。”他蹲了下来，仔细地打量着索菲的眼睛，“从你的神情看，情况不是这样。”

“我找到了一个地址，”索菲说，她浑身上下依然颤抖个不停，“有可能就是她。我不知道。”

马蒂奥从索菲的手里把写着地址的照片拿了过去。“希望大街。那是铁路人的地盘。就在咱们昨晚去的那个地方的东面。”其他三个人都点了点头。

“你怎么知道的？”索菲问。

杰拉尔耸了耸肩。“屋顶侠的脑袋里都装着地图。”

阿纳斯塔西娅说：“索菲，他们会生气的。那些铁路人。希望大街……这就等于是去了他们的大厅，还在里面唱起了圣诞颂歌。”

“我不在乎。”索菲说。

“你不明白。希望大街就是他们的总部，他们都带着刀呢。”阿纳斯塔西娅说。

“要是你愿意的话你就待在这儿。我要去的。”

“索菲，我们绝不上那儿去。”马蒂奥说。

“我不在乎。”索菲又说了一遍。她是认真的，她从未像此刻这么勇敢过。她心想或许这就是爱的力量。爱不会让你感到自己与众不同，它会让你充满勇气。她觉得爱就像沙漠里的一袋口粮，就像漆黑的森林里的一盒火柴。她觉得爱和勇气是同一样东西，只不过是两个不同的名字而已。或许你都不需要那个人守在你的身旁。只要她在世界的某个角落，只要她活着就好。爱就是她妈妈一直以来的样子，一个能让她把心安放下来的地方，一个能够让她休整过来的驿站。一群星星，一套地图。

在其他人说话的时候，查尔斯一直礼貌地保持着沉默，现在他终于开口了。“索菲，如果我们要去什么地方的话，你跟我应该从大街上走。我可不希望你的大提琴意外地被烟囱帽撞烂。”

“不，我就要待在屋顶上。”索菲说。

“为什么？”马蒂奥问道。他踹着碎瓦片，脸绷得紧紧的。

“警察。要是现在他们抓住我的话……”索菲没有继续往下说，她换了一个话题："查尔斯，我在那里跟你会合，好吗？"

"不好，一点儿也不好。"查尔斯说。

索菲抬起头看着查尔斯，说："求求你了。"她看到了他的两条长腿，尖削的骨骼，还有那双眼睛里的慈祥，"我保证不会受伤的。你说过要做不同寻常的事情，这件事情就算得上是不同寻常的事情啊。"

查尔斯叹了口气。"这么说也许也没有什么不对的。"他想要扬一扬眉毛，可是那两道眉毛只是忽闪了一下，随即就沉了下来。"真不敢想艾略特小姐会怎么说。不过，好吧，这的确没有错。"他勉力地笑了笑，"那么，我想我就在希望大街跟你会合了。要是一个小时后你还没到的话，我就……我也不知道该怎么办。总之，一定要小心啊。"他把大提琴挂在了后背上，然后转向了排水管。

"如果你要去的话，你需要我们。你不知道该怎么走。"马蒂奥说。

"我知道。是的，谢谢你了。"索菲说。

阿纳斯塔西娅说："你当然不知道！希望大街啊……"她怒气冲冲地用法语冲着马蒂奥说了一大堆。

索菲舒展一下脊柱，她从没意识到到自己以前总是一副无精打采的样子，其实挺直身板后她的个子要比阿纳斯塔西娅要高，差不多跟马蒂奥一样高了。她扬了扬眉毛，阿纳斯塔西娅和马蒂奥都不说话了。“你们用不着非得去。”她说，“但是，如果你们也要去的话，那咱们就走吧。”她说。

第 二 十 八 章

chapter twenty-eight

别小瞧女孩子

过了河又走了二十分钟后，马蒂奥的后背开始紧张得绷紧起来。他们鱼贯穿过一座医院宽阔的屋顶，殿后的拉杰尔自顾自地哼着歌。他们比平日走得要慢，也更为小心。索菲和马蒂奥走在最前面，她看得见他后脑勺上的头发已经竖了起来。

“他们来过这儿。闻见了吗？有烟味儿。”马蒂奥说。

“很多人都抽烟。”索菲说得不无道理。

“可是他们抽的是别人丢掉的烟屁股，烟屁股有二次燃烧的气味。”

“我什么也闻不出来。对我来说闻起来就跟烟囱一样。阿纳斯塔西娅，你能……”索菲转过身，阿纳斯塔西娅在屋顶的另一头，吓得面色发黄。她被包围了。

那些男孩悄无声息地爬上了墙，从隔壁的屋顶赶了过来。他们一个个都是大个子，面色苍白，一脸的傲慢和刻薄。他们总共有六个人，其中四个人围住了杰拉尔。所有人都一动不动。

马蒂奥退向索菲，头发因汗水打湿了而贴在面颊上。他弯下腰，“啪”的一声从屋顶上掰下来一片瓦。

“他们生气了。这个主意可真糟糕。”他说。

没有人笑，也没有人说风凉话，铁路人拿着管子和破损的铁具。索菲心想，真是一群狼啊。

“萨菲去哪儿了？”她小声问道。

马蒂奥摇了摇头，说：“我不知道。”他把索菲推到了一根烟囱背后。“索菲，就待在那儿。别动，否则过后别怪我不客气。有问题吗？如果萨菲来了，你就管住她，如果有必要的话。听明白了吗？别让她过来。”

马蒂奥从口袋里掏出一根鸽子的骨头，将骨头一折两半。他把一截递给索菲。“要是他们来抓你的话，你就用它防卫。”马蒂奥改用法语，气势汹汹地对着夜色吼了几声，接着就一头扑向了铁路人。

月亮被遮住了，屋顶上一片漆黑，不过索菲的眼睛已经逐渐适应了这样的环境。她看到阿纳斯塔西娅瞥见马蒂奥后，大喊了一声。她似乎长高了。一个铁路人转身迎向马蒂奥，阿纳斯塔西娅则向另一个铁路人扑了过去。她打得不好看，用指甲和牙齿狠狠地撕扯着对方的脖子和胸口。令索菲感到恐惧的是他们竟然没有发出什么动静。他们一边打，一边嘟囔着，啐着唾沫。马蒂奥看到阿纳斯塔西娅渐渐不支，于是就从屋顶上拔下一个烟囱帽，对准那个男孩扔了过去。

“要想知道哪一边会赢就得付出代价。杰拉尔，帮我一把！”他气喘吁吁地喊道。

索菲终于明白了为什么他们把杰拉尔叫作高手。当初在圣母院屋顶上的时候他看上去非常笨拙的这两条腿其实结实而危险。可是，以一敌四的胜算太小了，他已经上气不接下气了，而且紧紧地捂着自己的左臂。

“马蒂奥！”杰拉尔喊了一声。

马蒂奥就像一只猫。他扑来扑去地朝对手发起进攻。在任何一个操场上，面对任何一个孩子，马蒂奥和杰拉尔都会打赢，可是铁路人不是小孩子。他们也是住在屋顶上的人，而且很凶残。杰拉尔脚下一滑，后脑勺撞在了屋顶上。一个铁路人摆好架势要踢他的脸。

索菲手忙脚乱地在屋顶上寻找着武器。她不知道打架这种事情究竟难不难，可是她没法干坐在这里。她蹦了起来，朝着那个男孩一头扎了过去。对方喊叫着，脚下打了个趔趄，可是还没等索菲拨拉掉蒙在眼睛上的尘土和头发，他就已经爬了起来。男孩站在索菲身前，索菲提起膝盖，照着对方的裤裆踹了过去。男孩呻吟着瘫倒在了地上。

索菲退了回去，又躲在了烟囱帽的后面。就在她观望的时候，个子最高的那个男孩从腰带里抽出一把刀，那是一把普通的木柄切菜刀，她在家的时候常常用这样一把刀给土豆削皮。那个男孩朝着阿纳斯塔西娅逼近。索菲发出了一声既像尖叫又像咆哮的喊声。她从屋顶上抽出一片瓦朝那个男孩扔了过去。瓦片砍中了对方的手指关节，他骂骂咧咧地丢掉了菜刀。阿纳斯塔西娅一把抓起了菜刀，把刀丢到了一根烟囱里。那个男孩朝索菲冲了过来，她倒抽了一口气，挥着拳头拼命朝对方打去，可是什么也没有打着。男孩愤愤地用法语骂了几句，索菲弯下腰，躲开了他的拳头。

“他说要打就打得像点样儿。”一个声音说道。

索菲转过头，不过她已经知道那个声音并非来自马蒂奥了。一个平放在她肩头的手掌一把将她推到了一边，萨菲的拳头迎上了那个男孩的鼻梁。鲜血飞溅在屋顶上。

“踢他，要是你打不到他的话。”萨菲说。她的语气很温柔，可是她脸上的表情一点儿也不温柔。瞬间，男孩翻倒在屋顶上，喘不上气来，萨菲从他的身上跳了过去。

“阿纳斯塔西娅在哪里？”萨菲问道。

“我在这儿。”阿纳斯塔西娅手脚并用地朝她俩赶过来，“索菲！左边！”

索菲一直觉得在压力下自己很难分得清左右。幸运的是，阿纳斯塔西娅也是如此。索菲的脸上和嘴里都是头发，她两眼摸黑地朝右边踢了一脚，她感到自己的脚踢到了一条小腿，男孩倒下去的时候萨菲的胳膊肘捣在了他的脸上。

现在只剩下一个铁路人还没有倒下。杰拉尔在石板上蜷成一团，不住地咳嗽着，马蒂奥把那个铁路人从他的身边引开了。马蒂奥脸色苍白。他的两只手各攥着一片碎骨头，可是那个男孩拿着一根管子，逼得他朝屋顶边沿倒退着。

萨菲从口袋里摸出一块石头，她对着夜色眯起眼睛，把石头扔了出去。石头砸在了那个男孩的太阳穴上，他尖叫着转了过来。

他看到三个女孩坚定地站在夜色中，她们的脚下躺着两个不省人事的男孩。索菲轻声说："别给正在找妈妈的人捣乱。别给屋顶侠捣乱。"她继续轻声说："别小瞧小孩子。别小瞧女孩子。"

那个铁路人跳到了隔壁的屋顶上，转过身，啐了一口，然后就消失在了黑暗中。

"咱们走吧。"马蒂奥对索菲说，他就站在她的身后，"快点儿吧。我可不希望等他们醒来的时候咱们还在这里。"

"你确定吗？如果需要的话你就回去吧。我自己一个人去就行了。"这会儿在月光下那两个女孩看起来都那么虚弱，就像两个瓷娃娃，"你们不会出事吧？"

瓷娃娃不会用头发擦鼻子。阿纳斯塔西娅却这么做了，还咧嘴笑了起来。“走吧，趁着天还没亮。索菲，我们没事儿的。我们可是屋顶侠。”

第 二 十 九 章

chapter twenty-nine

音乐就跟魔法一样

希望大街空寂无人。查尔斯等在那里，在一幢公寓楼的门前跺着脚。索菲靠在屋顶边沿，冲着楼下的查尔斯吹起了口哨。

“你们比我预计的时间长了点儿。”说完查尔斯就看到了杰拉尔受伤的太阳穴，还有马蒂奥的两只手。他什么也没有说，只是把背上的大提琴捆得更紧了。他爬上排水管，加入他们中间。

他们六个人坐在星空下。这个夜晚可真美啊，可是太寂静了，就连一只猫、一个酒鬼、一片垃圾都看不到。索菲看着下面的街道。

“人都去哪儿了？”

“以前这里爆发过霍乱，四年里爆发了三次。”杰拉尔说。

“所以铁路人喜欢这里。再也不会有人住在这里了。人们都觉得这个地方受到了诅咒。”阿纳斯塔西娅补充道。

马蒂奥哼了一声。“人们都很蠢。咱们要进这栋公寓楼吗？”

“不用，”索菲说，“咱们可以喊她。”索菲把双手拢在嘴边，可是她又犹豫了。她该喊什么呢？用法语喊妈妈？“妈妈！”最终她还是用英语喊了起来。

马蒂奥摇了摇头。“全巴黎有一半的女人都被叫‘妈妈’。”

“薇薇安！”索菲喊叫着，“大家一起试试吧。数三声。一，二，三……”六个人大声地喊着“薇薇安”！

没有人回答，悄无声息，只有索菲的心像铁皮鼓一样敲打着。

查尔斯把大提琴递给索菲。“给你。拉一下《安魂曲》吧。”

“为什么？查尔斯，我拉不了。”索菲感到有些难为情，可是她惊讶地看到其他几个屋顶侠都在对她点着头。

“拉吧。”萨菲说。

“可是，为什么呢？”

阿纳斯塔西娅说：“有时候音乐就跟魔法一样管用。”

马蒂奥点了点头。“只有白痴不懂这个道理。拉吧，索菲。”

索菲从来没有这么紧张过。她的心沉到了肚子里，放在琴弦上的手指感觉那么粗大。她的手指在颤抖。她告诉自己，拉吧！记着梦中听到的旋律。最先冒出来的音符那么平淡，杰拉尔皱起了眉头。查尔斯似乎没有注意到。

"没错！索菲，拉快点儿。"他说。

索菲朝地上吐了一口唾沫，挺直脊背。这一次她拉得快了一些。

"大声点儿！"马蒂奥说。

阿纳斯塔西娅蹬了蹬腿，在原地转了个圈。"快一点儿！"她喊道。

索菲没有听到他们的话。她继续拉着，驱使着自己的手指越来越快。她暗想，再加把劲儿！拜托了！

直到手臂疼得无法继续弯起的时候她才停了下来。马蒂奥鼓起了掌，查尔斯吹着口哨，萨菲和阿纳斯塔西娅开心地叫喊着。星星都停下了脚步。

然而，琴声却仍在继续。

第 三 十 章

chapter thirty

闪电色的头发

“是……回声吗？”索菲朝左右看了看，寻找着查尔斯。“是吗？”她的声音令自己她的耳朵感到疼痛。“我听不到了！”她喊叫着，“它停下了吗？”

琴声没有停下，它只是越来越微弱了。

“听起来跟我以前听到过的回声都不一样，回声的音调是不会改变的。”查尔斯说。

马蒂奥一语惊醒众人。他推了一把索菲的后腰，索菲几乎扔掉了大提琴。“去啊！赶紧！快点儿吧！天哪,你聋了吗？去啊！”

“是从哪儿传出来的？”索菲说,“从哪儿？快点儿告诉我！”

“从西北方传来的,”阿纳斯塔西娅说，她拽着索菲拔腿就跑，“先去西边。”

“哪边是西边？”索菲喊叫着，“左，还是右？”

“左边！”萨菲说，“那边，有黑色风向标的那个屋顶。再过去是公共浴室，然后你就得跳过去。”索菲转身就跑。查尔斯迈着沉重的脚步跟在后面。屋顶上的瓦片在索菲的脚下一片片断裂了，其他人的脚步声越来越微弱。

“索菲！你跑得太快了！”马蒂奥喊道。

在索菲自己看来跑得并不快。她跑得还不够快，琴声猛然沉了下去，仿佛乐曲已经接近尾声。她一下跳出了两英尺，来到了浴室的屋顶上，眼前出现了整整一条街的尖屋顶。她沿着屋顶奔跑着，根本顾不上压低身子。只要抬头看一眼，谁都能看到一个模糊的黑影。

“索菲！站住！”

索菲突然停下了脚步。在脚下的屋顶和下一个屋顶之间隔着一条巷子。前面的屋顶是平坦的，可是两个屋顶之间的空隙有她的两倍身长那么宽。要是现在送了命，那可就太扫兴了。

索菲站住了，有点喘不过气来。她努力做着起跳的准备，可是两条腿怎么也弯不下去。“我做不到。”她小声说道。

“你能做到。”查尔斯突然出现在了她的身后，“我把你扔过去。把身子团成一个球。”

她听不懂查尔斯在说什么。“什么？”

“蹲下！”查尔斯听上去就像是一名军士长。索菲蹲了下去。

“一定要让双脚和双手同时着地，不是膝盖，膝盖太脆弱了。不要用膝盖，明白了吗，索菲？”他说。

索菲点了点头。“快点儿！”琴声越来越弱。

“索菲，我数三下。一，二……”查尔斯用两只胳膊高高地举起索菲，将胳膊向后面摆去，“三！”

索菲不知道查尔斯竟然这么强壮。一直以来他看上去都那么纤弱，可是现在他却轻轻松松地把索菲托了起来。风撕扯着她的脸，随即“砰”的一声她就撞在了对面的屋顶上，她感到手掌上的皮被蹭掉了。

这时又有人喊了一声“三！”，又是“砰”的一声，马蒂奥落在了她的身旁。

“你！你怎么过来的？”

“我想我应该跟上你。我不想错过这一幕。”

查尔斯伸展双腿，跳了起来。路灯映衬着他的身影。最终，他笨手笨脚地跳过来了，一只膝盖先着了地，然后他掸掉了沾在眉毛上的灰尘。“索菲，我建议你不要向教育部门提起这件事情。我相信谁都接受不了把孩子在屋顶间扔来扔去的做法。”他粗声粗气地说。

索菲直勾勾地盯着查尔斯。

“快去啊！”查尔斯大喝一声。

索菲拔腿就跑。有时候她急促的喘息声盖住了琴声，她还以为音乐停止了。其实琴声一直在继续，一直在加快，快得令人难以想象。

马蒂奥左脚一瘸一拐的。索菲听得到他在痛苦地哼哼着，但是他的神情看起来那么坚定沉着。

突然，索菲听到他倒吸了一口气，一回头就看到他的两腿滑了下去。查尔斯离马蒂奥更近，就在马蒂奥脚下打滑的一刹那他把将自己的雨伞伸了过去，马蒂奥死死地抓着弯曲的伞柄。“抓紧。”查尔斯说。他一下接着一下地把马蒂奥往斜坡往上拽。

“你……可……比……看……上……去……要……结……实……得……多……”查尔斯含糊地说道。

马蒂奥把查尔斯当梯子，手脚并用地站了起来。查尔斯一定看到了这个男孩的脸惨白到了什么程度，他忙里偷闲地笑了笑，说：“没有雨伞的英国佬连半个男人都算不上。”

马蒂奥站定后，他脚下的一片瓦片滑了下去，掉到街上摔烂了。下面有人指着屋顶嚷嚷了起来。查尔斯说：“我想这会儿最好还是跑快点儿吧。”

索菲拔腿就跑。

寻找琴声的来源并不像索菲想象得那么容易，不过这会儿琴声绝对越来越清晰了吧？它就来自附近的某个地方。它太美妙了。

这时琴声中多了一个人的声音——有人用法语唱起了歌。

索菲告诉自己星星不会唱歌，只有在蹩脚的诗歌里星星才会唱歌。然而，若非是在这种情形下，她原本会说就是星星在歌唱。

索菲飞快地爬到了一个斜屋顶的最高处，在这里她停下了脚步。

在对面的屋顶上，距索菲一步之遥的地方，有一个女人。她坐在那里，背对着索菲。她就坐在一个翻过来的箱子上，大提琴黑乎乎的凹面抵在她的身上。

纵然周围一片漆黑，索菲还是能看到那个女人长着一头闪电色的头发。

第三十一章
chapter thirty-one

打扰您了

索菲真的能感觉到自己的心脏在颤抖。“查尔斯！”她喊了一声，她的声音那么沙哑而陌生，她听上去如饥似渴，“查尔斯！是她吗？那是她吗？”

她心想，万一不是她该怎么办呢？她感到一阵难受。如果就是她呢？

“去啊，索菲。”查尔斯向前推了推她，动作非常轻柔，“小心点儿，注意起跳时的步法。我们就在这里等着。”

索菲跳了出去。落下去的时候左膝“咔嚓”一声撞在了瓦片上，一阵剧痛袭来。她没有理会。

她突然意识到自己还从未想过在这个时刻该说些什么。她还从未想象过事情会发展到这一步。可是，她必须得说点儿什么。说什么呢？晚上好？我爱你？今天的天气可真好啊？

她本来没有什么可担心的。跟查尔斯在一起生活了这么多年，使得索菲能够像风向标一样挺拔，像猫一样礼貌地走向拉琴的女人。

索菲说："打扰您了。"

琴声继续着。索菲又朝前迈了一步，将自己颤抖的手指搭在了那个女人的胳膊上。"打扰您了……打扰您了。晚上好。打扰您了。"她说。

琴声停止了。那个女人转过了头。

索菲说："您好。"她咽了一口唾沫，"我在……我在找人。我在找妈妈。我觉得我一直寻找的或许就是您。"

月光落在她们的身上。那个女人的眼睛和鼻子，还有嘴唇跟索菲的一模一样，她的身上散发着一股松香和玫瑰的气味。索菲暗想，她的面孔看上去就是那种已经周游世界二十多次的模样，她的眼睛带着一种只有在梦中才会见到的颜色。

查尔斯在对面的屋顶上看着这一幕。他看到那个女人失声痛哭了起来，接着就俯下身子，凝望着。他看到了她的吻落在索菲的耳朵上，眼睛上，额头上，他还看到她将索菲搂在怀中，带着索菲旋转着，她们转啊转，到最后两个人看上去已经不像两个陌生人了，更像是一个人在开怀大笑。

查尔斯靠着烟囱帽蹲了下来。"坐吧，马蒂奥。"他拍了拍身旁的空地，然后从口袋里掏出了烟斗。他划了两根火柴才把烟斗点着，第一根火柴被莫名其妙地从鼻头上滑落的泪珠熄灭了。

“坐吧，来啊。这里，挨着我。吸口烟吧。不要？咱们就让她俩单独待上一会儿吧。”

查尔斯知道琴声一定已经停止了，因为那把大提琴就放在屋顶上，无人问津，可似乎仍然有琴声在某个地方继续演奏，越来越快，以双重节拍。

图书在版编目（CIP）数据

屋顶上的索菲 /（英）凯瑟琳·朗德尔著；徐海㻞译. —昆明：
晨光出版社，2017.1（2023.5重印）
ISBN 978-7-5414-8535-0

Ⅰ.①屋…　Ⅱ.①凯…　②徐…　Ⅲ.①儿童小说－长
篇小说－英国－现代　Ⅳ.①I561.84

中国版本图书馆CIP数据核字（2016）第234001号

著作权合同登记号　图字：23-2016-048号

WU DING SHANG DE SUO FEI

屋顶上的索菲

出 版 人 吉　彤

作　　者〔英〕凯瑟琳·朗德尔
翻　　译 徐海㻞
译文审订 张　勇
绘　　画 李广宇　　陈　伟
项目策划 禹田文化
版权编辑 王彩霞
责任编辑 李　政　　常颖雯　　付凤云
美术编辑 沈秋阳
封面设计 木
内文设计 秦　川

出　　版 云南出版集团　晨光出版社
地　　址 昆明市环城西路 609 号新闻出版大楼
邮　　编 650034
发行电话（010）88356856　88356858
印　　刷 固安兰星球彩色印刷有限公司
经　　销 各地新华书店
版　　次 2017 年 1 月第 1 版
印　　次 2023 年 5 月第 10 次印刷
开　　本 145mm×210mm　32 开
印　　张 8.5
I S B N 978-7-5414-8535-0
字　　数 150 千
定　　价 28.00 元

退换声明：若有印刷质量问题，请及时和销售部门（010-88356856）联系退换。